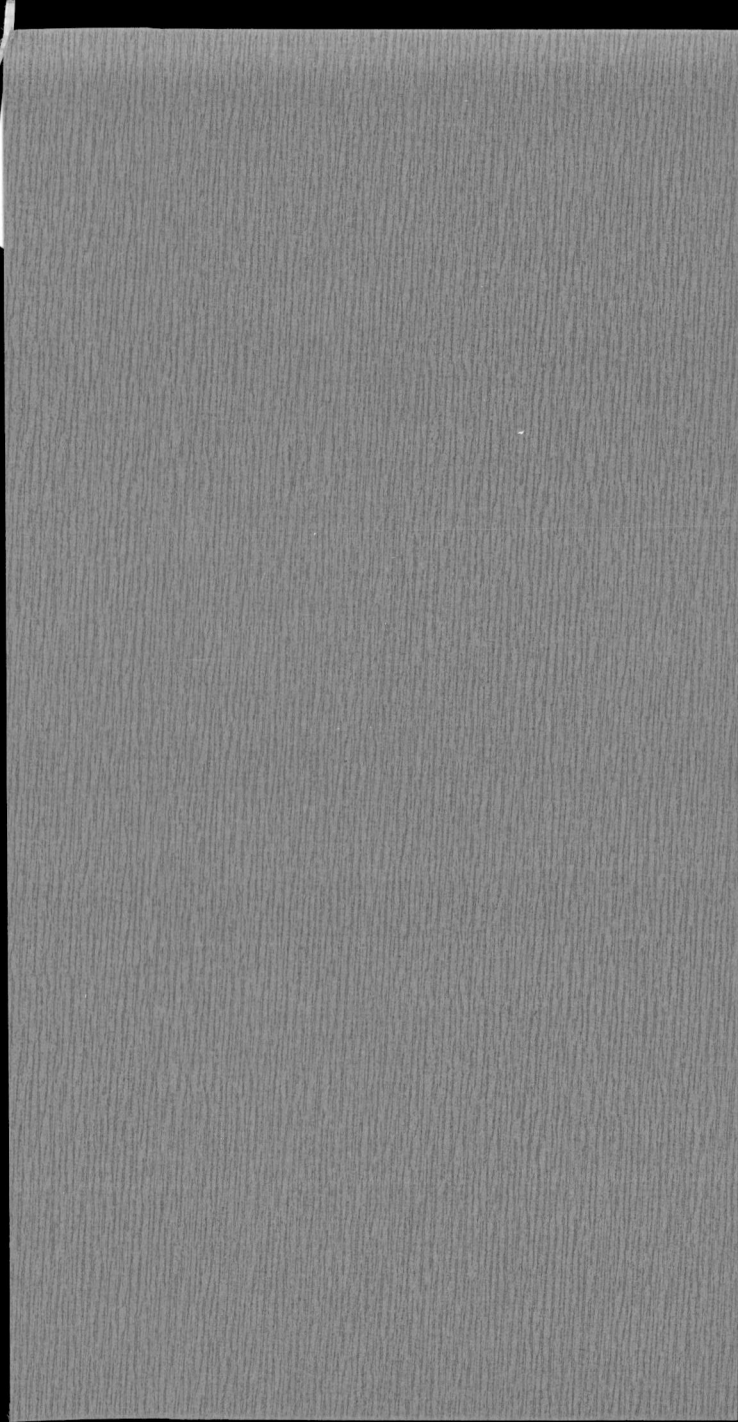

白鲸文丛

"白鲸文丛"编辑委员会

西　渡　　敬文东

张桃洲　　吴情水

总策划：吴情水

贾雷尔
诗选

Selected Poems

of

Randall Jarrell

[美] 贾雷尔 ——— 著　连晗生 ——— 译　上海教育出版社

没有守护神灵的梦行者
（译序）

翻译贾雷尔的诗之前，像许多中文读者一样，我对他的诗的了解，得益于几本美国诗选的译介①。出现在那几种诗选里的贾雷尔的诗，大致属于他最有代表性的作品，其独特的品质往往给人以深刻的印象：《球形炮塔炮手之死》的直接和简炼、《第八空军》对战争道德的争辩、《黑天鹅》的扑朔迷离……为贾雷尔的诗及批评更多地进入中文语境奠定了一个较好的基础。时至今日，作为二十世纪中叶美国重要诗人[其同道中人有洛威尔（Lowell）、毕晓普（Bishop）、约翰·贝里曼（John Berryman）和施瓦茨（Schwartz）等]之一，贾雷尔的大部分作品仍不为我们所知：无论是其久负盛名的诗论，还是相当多值得阅读的诗作，仍需

---

① 赵毅衡编译的《美国现代诗选》，郑敏译的《美国当代诗选》，马克·斯特兰德（Mark Strand）编、马永波译的《1940年后的美国诗歌》和周伟驰编译的《英美十人诗选》。

译者的译介——因此,在不久前完成他的诗论《贾雷尔论奥登》一书的翻译之后,我近来整体性翻译他的《诗全集》(The Completed Poems)(1969)①,希望可以对此略尽个人的绵薄之力。②

《贾雷尔诗选》这本译诗集译自贾雷尔《诗全集》的第一部分:《诗选》(1955)。在贾雷尔《诗全集》中,被置于最前面的《诗选》[然后才是后两本诗集《华盛顿动物园的女人》(1960)和《失落的世界》(1965)及七首"新诗",以及被《诗选》排除在外的前四本诗集的诗,最后是发表过但"未收集的诗",以及"未发表的诗"③]直接又完整地来自贾雷尔1955年自己编选出版的《诗选》;正因为它是贾雷尔那时对自身写作阶段性的回顾和把握,有其完整性,因而也适宜此次在中文语境作为单本诗集出现。

贾雷尔的《诗选》,除了他当时的两首新作,

---

① 《诗全集》在他去世后由他的遗孀玛丽·贾雷尔和其他合作者一起编辑出版。
② 在翻译贾雷尔的诗中,得益于青年诗人陈庆、冯娜帮忙借来的相关书籍,诗人、翻译家黄灿然,留美学子陆定曦对原诗的一些理解提供了参考意见,光原老师帮忙解答了原作中的德语问题,责编曹婷婷给予了一些修改建议,在此对他们表示感谢!
③ 因此可知,《诗全集》的编排方式极大地维护了贾雷尔生前的诗歌意愿。

其余的诗皆出自之前的四本诗集〔其中包括《七里格之杖》(1951)的全部诗作,《小朋友,小朋友》(1945)和《损失》(1948)的大部分,第一本个人诗集《给一个陌生人的血》(1942)的八首诗(有些被修改过)〕,在某个指引性标题(如"生命""梦行"等)下重新编排,题材广泛的"非战争诗"作为第一部分被放在《诗选》前面,而奠定贾雷尔"战争诗人"地位的"战争诗"作为第二部分,集中于后边——这种安排,显然是作者有意突出他最新的写作动向,引导读者关注某一题材和内容下他已抵达何处。因此,读者可以依照贾雷尔的编排顺序,在一个共时空间中关注文本本身的品质,领略贾雷尔此时的成果。同时,由于《诗选》打乱了作品写作和发表的时序,一定程度上模糊了作者诗歌发展的痕迹,因而,为了让不太熟悉贾雷尔诗歌发展的读者对这位诗人有初步的把握,我在这里采用历时的次序,兼顾一种共时的视角,对贾雷尔的诗歌历程和《诗选》作一些概略的描述。

贾雷尔1914年出生于美国田纳西州的纳什维尔。他婴儿时随父母到加利福尼亚的长滩,其后在田纳西州和加利福尼亚州度过他的童年。根据贾雷尔后来的诗对童年、孩子、母亲和童话的频频提及及运用,他的童年生活肯定值得再三地追溯和回味,这其中须提及的是,他的母亲安娜精神的高度紧张(据诗人遗孀回忆说,兰德尔告诉她,"我的母亲是一场灾难")对一个孩童的影响。后来贾雷尔的父母分居并离婚,而他有一段时间与曾祖母和祖父母住在一起(这后来成为他重要的诗《失落的世界》的素材),然后又回到纳什维尔的母亲身边,在完成了公立学校的学业后,在1932年进入范德比尔特大学。贾雷尔在大学期间,以出众的文学见识和骄傲的姿态引起老师兰塞姆(Ramsom)和沃伦(Warren)的注意,继而得到后者的赏识,并且在他们及另一位导师艾伦·泰特(Allen Tate)的帮助下在诗歌界崭露头角。在此时大量的诗歌阅读中,贾雷尔尤其迷恋早期的奥登(他一度打算写关于奥登的研究生论文),而他对弗洛伊德和心理学的狂热及研读,也将对他以后的写作产生难以估量的影响。贾雷尔在求学期间,他身上某种独立的品质已显现出来,这首先表现在有异于"逃亡者"群体的文学及政治倾向上:在某些文学思想和审美判断上,他有别于他们,而在政治倾向上,他更远离了他们的"重农派"思想,倾向时行的马克思主义。

贾雷尔最初的诗歌结集(以《为丢失一便士而愤怒》为名)见于《五位美国年轻诗人》,在这本包括约翰·贝利曼在内的合集中,兰塞姆这样评价他的学生:"我认为,(他)是这五个人中最出色的一个。"在他看来,贾雷尔的诗有着"天使般的语速和广度,把各种令人眼花缭乱的意义,用如此一致的语音的粗糙拼凑起来……"①贾雷尔的第一本个人诗集《给一个陌生人的血》出版于1942年,此时他已大学毕业并在大学任教多年,并凭借不凡的见解和犀利的文风确立其诗歌批评家的地位(他的代表性诗评《奥登的态度和修辞的转变》发表于《南方评论》1941年秋季号)。《给一个陌生人的血》收入了《五位美国年轻诗人》中的十九首诗,并加入新的二十六首诗,有着他在《为丢失一便士而愤怒》序言中所列举的现代主义的诸多特征:极度激烈、强迫的情感,大量晦涩、强调无意识和梦的结构,实验性……因而以其对词语强度的专注及对世界暴行的整体性感知令人印象深刻:

一个人,因眩晕而恶心,
一种感性,残忍如一根大拇指。

---

① John Crown Ransom, "Constellation of Five Young Poets," in *Critical Essays on Randall Jarrell* (Boston: G. K. Hall, 1983), p.15.

甚至白痴们也握着他们的勺子,
轻敲着,呼叫:伟大的变革已来临。

血粘在盘碟上;
刽子手占据了法官的席位。
智慧被暴力所窒息,
一个个脑袋只能摇摆不定。

——《1789—1939》

评论者们从《给一个陌生人的血》中察觉到一种弗洛伊德思想和马克思主义倾向、兰塞姆和泰特的影子、哈代和哈特·克兰等人的痕迹,而最引人注目的当属早期奥登的影响,以致洛威尔干脆把《给一个陌生人的血》称为"奥登风格高蹈派的力作"[①]。

在十多年后出现的《诗选》(1955)中,贾雷尔去掉了首本诗集中那些明显有奥登及他人影子的诗作(如《"当你和我是所有"》),以及那些有暴力色彩和高语言强度的作品(如《1789—1939》),而在留下的诗作中,没有兰塞姆所说的"各种令人眼花缭乱的意义",预示着他以后作品的路向:修

[①] Robert Lowell, "Randall Jarrell's Wild Dogmatism," in *Critical Essays on Randall Jarrell*, p.27.

改并采用了一个新标题的《致新世界》以个体(一个女孩)的角度和清晰的画面感,展现世界的动乱和孩子所受的伤害;《盲羊》以简洁的寓言控诉世界的暴行;《一个故事》展示人的孤独,其孩子的视角及其第一人称的独白手法在后来的《病孩子》《黑天鹅》得到发展;《滑冰者》(其被罗森塔尔视为"像哈特·克兰和埃德温·缪尔的二重唱"①)着眼于作者的情感世界;经常被视为他早期代表作的《北极90》表达对生命终极意义的追求和痛苦,有着梦的"深度"和特征……这一切,均显示作者对自己的清理和把握。

1942年,随着美国加入二战及其个人的入伍,贾雷尔进入了文学生涯的决定性时期。对于这一时期的关键作用,学者苏珊娜·弗格森说:"如果说一场世界大战是兰德尔·贾雷尔诗歌走向成熟的必要条件,那将是相当可怕的,但在某种程度上这是真的。"②虽然没直接踏上战场,但身为飞行员教练和导航塔操作员的经历和军营生活,让贾雷尔对残酷无情的战争、无辜的士兵和人

---

① M. L. Rosenthal, *Randall Jarrell* (Minnesota: University of Minnesota Press, 1972), p.8.
② Suzanne Ferguson, *The Poetry of Randall Jarrell* (Louisiana: Louisiana State University Press, 1971), p.36.

类的命运有着直接的体验,从而让他写下《小朋友,小朋友》和《损失》中的战争诗(包括《球形炮塔炮手之死》等闻名一时的诗),并得到好友洛威尔等诗人的称赞,也让他成为世人眼中的"战争诗人"。

贾雷尔与洛威尔毕生的友谊始于肯庸学院的亲密交往(两人曾同住在兰塞姆的阁楼房间),尽管洛威尔一生中没有像贾雷尔推崇自己那样,对贾雷尔的诗报以同等的赞美(比如他对贾雷尔一些写妇女的诗不太热情),但却对贾雷尔的战争诗一直赞赏有加。在贾雷尔诗集《七里格之杖》出版之时,洛威尔在书评中回顾:"《小朋友,小朋友》包含了一些关于现代战争的最好的诗。""比欧文①的诗更好,更专业。"②从被遴选过、归集于《诗选》的战争诗来看,贾雷尔惊人地展现了与战争相关的一个个场面和人物:战场和军营、空中和地面、欧洲和太平洋、己方与敌方、局部和全景、外在视象还是内心论辩、梦和现实……在第一本诗集中,贾雷尔对世界暴行持有一种整体性的关切

---

① 指威尔弗雷德·欧文(Wilfred Owen, 1893—1918),英年阵亡于第一次世界大战的英国诗人,曾写下关于一战的著名战争诗。

② Robert Lowell, "Randall Jarrell's Wild Dogmatism," in *Critical Essays on Randall Jarrell*, p.27.

和悲悯,而此时面对人类史上最巨大最无情的战争,他的诗歌着眼于一个个具体的场景、事件和个体(士兵及家属、平民与儿童),对战争的暴虐展开痛苦的思索,对个体受害者寄寓最深切的同情。在贾雷尔看来,战争是人类自相残杀的悲剧,而战争的参与者(他主要刻画的是飞行员)并非英雄,他们既是一个个毁灭者,也是一个个受害者——正是这种深切的悲悯,让他的战争诗没有一点爱国主义的痕迹,而始终浸透着浓重的悲怆感:

在炮塔玻璃大圆顶中,那幽灵鬼影,死亡,
框在瞄准器玻璃中,战斗机闪烁的机翼,
柔软耀眼,一团空虚的火。如果高射炮的点点墨迹——
分散的,统计学的——炸弹丢失的图案
是死亡,它们是玻璃下的死亡,对于昨天某人明天某人而言,是一种偶然;而来自那里、
不在那里的战斗机的流火,
没温暖你,也没焚燃他们,然而他们死去。
——《齐格弗里德》

在贾雷尔的战争诗中,最引人注目的当数诗歌史前所未见的对空战和飞行场面的呈现,在这

里,他或以全景式的视角、蒙太奇的手法展现航母受袭时的整个战斗场面(《飞行员们,各就各位》),或聚焦于飞机中弹后的一瞬间(《来自航空母舰的飞行员》),或是对失联飞机的呼叫(《前线》),或是对阵亡士兵的追寻(《阵亡的僚机》)……除此之外,对兵营生活的写实手法呈现(有时是白描)(《临时兵营》《第二空军》等),对儿童受害者的遭遇歌谣式的吟唱(《国家》《草案》等),对战俘及犹太人囚犯的悲悯注视(《勒夫特战俘营》《普鲁士森林中的一个集中营》等),对欧洲、太平洋群岛和东方的扫掠(《天使们在汉堡》《美拉尼西亚的死者》等),对以往战争(第一次世界大战)的回溯(《1914》),对敌方士兵个体的注视(《升起的太阳》),让他全方位地、立体地呈现出战争的完整形象。

"我们阅读邮件,数着我们的任务——/驾着起着女孩名的轰炸机,焚毁/在学校里了解到的城市——"(《损失》)战争的残酷和荒谬,在《损失》《天使们在汉堡》等关于大轰炸的诗中得到了充分展现。在那些诗中,对大轰炸的道德问题的争辩也引人注目,而且有时也显得复杂——正如在《第八空军》(其被英国诗人道格拉斯·邓恩称为"二战中最著名的战争诗")中,贾雷尔将他执行大轰炸任务的战友称为"杀人犯",在诗的最后,却让说话人引用彼拉多的话"我没发觉这义人有错"。《第八空军》的处理方式持续地激发着人们对这首诗的争论,或许,《普鲁士森林中的一个集中营》《草案》等诗所呈现的犹太人命运鼓舞着贾雷尔对大轰炸有时的含糊态度——但无论如何,这首诗在体现贾雷尔的同情心的同时,也反映了人作为具体社会个体本身的复杂性和真实性。

在战争诗中,贾雷尔对受害者个体无助和绝望的展现,往往得助于一种历史、神话和宗教的视野,如《齐格弗里德》对日尔曼民族史诗的呼应,《楚信》对《圣经》典故的参引和对救世主幻象的刻画,皆让眼前之境与以往之事相互交融,从而使作品走向深处。同时,贾雷尔诗歌中常见的一种"精神分析"色彩笼罩在那些诗中:对"梦"的探究,对"孩子"形象和视角的倚重(把士兵视为无辜孩子),对"母亲"原型的追溯,让他的诗不可避免地回到生命的始初。在这些萦绕着贾雷尔式"梦幻性"和"孩童性"的诗中,最著名的当数《球形炮塔炮手之死》——在这首诗中,他诗歌的基本元素"母亲""子宫""生命""睡眠""梦""死亡"得到最大程度的凝缩和联结,而随着"生命"的虚幻化,极大地凸显出战争环境中人的生命无常:

> 从我母亲的睡眠我降落在国家中,
> 我蜷缩在它的肚子直到我的湿皮衣冻结。
> 离地六英里,离开它生命的梦,
> 醒来时我看到黑色的高射炮和梦魇般的战斗机。
> 我死后,他们用一根软管把我从炮塔冲出。

除此之外,《第二空军》对"母亲"和"孩子"形象也有不凡的表现:

> 追忆着,
> 她听到轰炸机呼叫,小朋友!对
> 悬在敌意天空的战斗机,
> 而眼望参差的火焰吞噬一根根肋骨,
> 沿着金属翼进入她的心:
> 一个个生命流出,开花,稳稳漂向
> 大地的火焰,人类土地上
> 星辰般燃烧的火焰。

在这里,在母亲的想象中,她的身体已化身为孩子所驾的飞机机体,而火焰沿着机翼,那一根根肋骨,逼向身体的中心:母体中的孩子。而一个个孩子(此刻她成为众多母亲的共体)——生命从中流出,开花(打开降落伞),漂向战火中的大地。同样地,在《公假在外》《阵亡的僚机》《新乔治亚岛》等诗中,贾雷尔让他的人物或沉于梦幻中,或往返于梦与现实之间,通过现实与愿望、梦与醒、残酷与天真的对照和交互,揭示世界的无情和真实——而正是这种特质,以及诗中所体现的对人的命运高度的敏感和同情,让它们和《诗选》前面的"非战争诗"联成一个整体。

在《诗选》第一部分中,贾雷尔把他自己颇为得意的诗集《七里格之杖》(他曾骄傲于汉娜·阿伦特对它"赤裸而直接"的评价)中的诗和前几本诗集中的《雷迪·贝茨》《一种被子图案》等诗相互交融,构成他战争诗之外的诗歌风景,预示着他余生的写作路向:生命的形态、日常的景致、梦行的神秘和晦暗的无意识。在这些游动着贾雷尔式的诗歌因子——梦、孩子、女人、童话、天鹅、血、睡眠、天使、树叶、月光——的诗中,随处可见他对梦的临界状态的痴迷,历史、神话、宗教、民间故事、艺术品和哲学的视野,对独白和对话的热衷,对以往作品互文、改写和重写的冲动,也正是那些,让这些诗呈现多样化的形态:《图书馆里的女孩》对梦幻与现实的映射,《奥地利的一个英式花园》对几世纪的旋风式扫掠,《睡美人:王子的变奏》的

"睡眠冲动",《骑士,死神,魔鬼》的描摹狂热,《与魔鬼的对话》对话的机智,《面容》语言的简捷,《空间中的灵魂》的悲悯,《病孩子》和《在萨尔斯堡的游戏》的童真和生趣,《雷迪·贝茨》和《搬家》单线叙事的简单真切,《一种被子图案》精神分析的扑朔迷离①,《希望》和《培尔·金特,勃伊格,只有一个》对蒲柏的召灵,《雪豹》和《死亡之地》的斯宾诺莎迷恋……而在其表现最佳之处,可以鉴照洛威尔对贾雷尔的颂词——"一个不知疲倦的新主题和资源的发现者,也是一个从细小到宏大都容易的技术大师。"②

在贾雷尔的诸多诗艺中,最引人注目的当数他的戏剧性独白和对话。在《诗选》第一部分中,这种技艺在其最得心应手之处,把他身上的真切、童真和机智诙谐融为一体,产生一种意想不到的

---

① 贾雷尔的传记作者普里查德(William Pritchard)对《奥地利的一个英式花园》等诗有这样的评论:"他满脑子都是名字和地点,还有其他的诗歌和故事。"【见William Pritchard, *Randall Jarrell*: *A Literary Life* (New York: Farrar, Straus and Giroux, 1990), p.184.】就像那些诗,《一种被子图案》也需要细致的注释或解读,才能让一般读者更好地理解。

② Robert Lowell, "Randall Jarrell's Wild Dogmatism," in *Critical Essays on Randall Jarrell* (Boston: G.K. Hall, 1983), p.27.

效果。比如,在《图书馆里的女孩》[洛威尔读到这首诗后在给贾雷尔的信中说这是他"最喜欢的(贾雷尔的)诗"]中,贾雷尔不同凡响地通过与女孩及《叶甫盖尼·奥涅金》中的人物塔季雅娜的对话,借助里尔克式的咏物、自由的联想(有时是"歌剧式"的展开和应和)和信手拈来的典故引用(德国文学和《圣经》),将诗织成一个多声音层次的崭新文本。对于贾雷尔后期诗歌中独白和对话的微妙,学者斯蒂芬·伯特有过精彩的概括:"不整齐的听众,引文的网络,多重的说话者,犹豫,自我中断和诗意听者的微妙模型。"① 这种微妙又腾挪有致的独白与对话,与贾雷尔诗歌常见的叙事、描摹等其他手法的完善结合,尤其在长诗《霍亨萨尔茨堡:浪漫主义主题的奇妙变奏》中得到淋漓尽致的展现——这首诗随着传奇和童话的引入、气氛的渲染和景物的感知,在隐秘的对话、巧妙的视角转换和缓急有度的语调中,被不知不觉地推至终极性的结尾:

    除了一个词

 持续着,永远,在岁月中,

---

① Stenfen Burt, *Randall Jarrell and His Age* (Columbia: Columbia University Press, 2002), p.xiv.

一个我们从未理解的词——

而我们的生命,我们的死亡,以及经过我们的生命的东西

在那稳定的声音中消失:

纯粹,渴念,无法满足,

一个魔咒像星辰旋转在我们上方。

然而,当然,最终,所有这些都恒归为一,

我们也永远是一:

一个大地的居民,没有形体的。

《霍亨萨尔茨堡:浪漫主义主题的奇妙变奏》尽显微幽曲折之美,轻松地游移于意识与无意识、梦与醒、真实与幻觉、此世与彼世之间——其迷离的梦幻感、爱的呼声,构成这首诗持久的魅力。除了这首诗,同样对话体的《爱尔兰主题狂想曲》也以奇异的样貌,在追溯自己家世时展现爱尔兰的历史、神话和风光,呈现贾雷尔诗歌中的一种活泼音调。

对于贾雷尔诗歌的多种风格及音调,细心的读者从这本诗选中可以感受到,同时,也可以从中分辨出两种迥然有别的品质,即他童真、深情感伤的一面及机智诙谐的一面。贾雷尔身上的这两种

品质,有时在同一首诗(如《图书馆里的女孩》)中融为一体,有时又在不同的诗中截然分流开来,比如在《雷迪·贝茨》《搬家》《病孩子》和《金钱》《培尔·金特,勃伊格,只有一个》中。《培尔·金特,勃伊格,只有一个》等诗中显现出的机智,很容易让人联想到这位诗人的诗歌批评特质——贾雷尔的诗歌批评以观点犀利、学识渊博和炫技般的俏皮话著称。施瓦茨曾感叹,如果他让这种智慧在诗歌上进一步施展,那么"我们可能会有一个多么现代主义的蒲柏"。①——然而,由于对知识和修辞的警惕,由于秉承无意识是诗歌主要源泉的信念(这一点在他的文章《奥登的态度与修辞的转变》中有着清晰表达),贾雷尔宁愿他可以发挥智力优势的"脑诗"(就像《培尔·金特,勃伊格,只有一个》)作为支流在一定范围内发展,而着重倚借自身济慈意义上的"消极的感知力",书写他的"心诗"(就像《雷迪·贝茨》),并且在语言风格上,也舍隐晦繁复力追华兹华斯式(他后来在《与众不同的女人》中写过其著名的诗句:"我感觉我是第一个读华兹华斯的人。/它那么朴素,我难以理解。")质朴明白的口语化效果。贾雷尔

---

① Delmore Schwartz, "The Dream from Which No One Wakes," in *Critical Essays on Randall Jarrell*, p.19.

身上这种诗歌倾向,连同他对梦一以贯之的痴迷、对天真的追求,连同其他的风格特点(比如不严格的押韵、头韵和半韵的运用;一首诗中某几个词的重复;有意无意、让人难以觉察的典故;语言的犹豫和自我否定,等等),形成他后期迥异于其好友洛威尔,也有别于另一位好友毕晓普的风格,并在他后来的两本诗集中得到体现。

在《诗选》(1955)之后,在《华盛顿动物园里的女人》和《失落的世界》这两本诗集及另外几首新作中,贾雷尔对日常和平淡、梦境和无意识的追寻成就体现在《一个男人在街上遇到一个女人》《失去的孩子》《黑森林中狩猎》和《林中房子》等诗中,并通过它们夯实其重要诗人的地位。不幸的是,在他迈向诗歌高峰之时却陷入精神抑郁的泥淖,他的"车祸"让其好友悲痛不已(洛威尔坚持认为贾雷尔是自杀)。相比洛威尔和毕晓普等人在他去世后继续前行①,贾雷尔的戛然而止所体现的某种"未完成性"让人扼腕(我们或因此可以理解洛威尔悼词中"我们这一代最令人心碎的

---

① 在贾雷尔去世后,洛威尔陆续出版了《海洋附近》(1967)、《笔记 1967—1968》(1969)、《为利齐和哈利特而作》(1973)、《历史》(1973)、《海豚》(1973)和《日复一日》(1977)多部诗集,贝里曼在继《梦歌 77 首》(1964)后出版了《玩具、他的梦、他的休息:梦歌 308 首》(1968)。

诗人"的含义)。尽管如此,他对梦境领域的持续探寻,他对"天真"境界和"朴素"语言的追求,他的悲悯和机智,对经验的"贾雷尔式"转化,仍让他留下相当数量值得阅读的诗——在它们之中,最好的可配得上他谈到毕晓普诗作时所给予的高贵评语——"完全实现的艺术品",也因此,当今天我们拿起他的诗时,仍能深深感受到一个梦行者的咏叹那耐人寻味的韵致:

……"这都是一个梦。"
我低语着,从草褥的软毛听见

湖床的叠音和嘶嘶声。
"睡吧,小妹妹",天鹅们都唱着歌,
在湖床的月亮、星星和青蛙那里。
但我的天鹅姐姐叫着:"睡了吧,小妹妹。"
整晚都用黑色的翅膀,抚摸我的翅膀。

连晗生

引言

在这本《诗选》中,有十首诗来自我的第一本书①,它们中一些有大量的改动;其他的诗几乎都来自《损失》《七里格之杖》或《小朋友,小朋友》②。我没选《俄瑞斯忒斯在陶里斯》③,因为,尽管我喜欢它,还有一些读者喜欢它,但它很长,这是比这些诗都更早的一首诗,它又重印在新版本的《损失》中(见第 406 页)。我没选几首我还在写的诗。只有两首诗《战争》和《墓间幸存者》是新的;它们应归入其他关于战争的诗中,而不是在我过去三四年所写的诗中。

我曾多次给不同类型的观众读过这些诗,如果我预先介绍一个球形炮塔,或一架 B-24 战机,

---

① 指作者的第一本诗集《给一个陌生人的血》。说明:本译诗集所有脚注皆为译者注。

② 这是作者继《给一个陌生人的血》后出版的第三本诗集。

③ 贾雷尔收于诗集《损失》的一首长诗。

或塔季雅娜·拉里娜（Tatyana Larina）①是什么——并且以"猫和狗都理解的平易的美国英语"说明它们，所有观众都会更喜欢聆听它们，并发现它们更加易懂。并不是说我的诗没用平易的美国英语，而是说这是诗，不是散文。散文有用；它只是作为散文有用。在以前，当读者可以拿起及放下散文时，诗人们有时会给他们很多帮助理解的散文体文字：在华兹华斯或丁尼生的《诗集》（*Collected Poems*）中，有几百页的注释、前言和回想。但现在，除非你读的是玛丽安·摩尔或燕卜逊或《荒原》，你很少能得到任何伴随那些诗的解释性文字。

这场战争——第二次世界大战——已结束了很长一段时间；有一些名字和事件，人们知道它们永远不会被忘记，但到目前为止，他们已忘记他们曾知道的东西。这些诗中有一些篇章，依赖于或受助于读者记住这些名字和大事件；其他的诗受助于读者被提醒而想起某个故事，或某个偶然事件，或某种表达——某种你记得的东西，如果你曾在南方生活过，或在空军待过，或观赏过《玫瑰骑

---

① 普希金的长诗《叶甫盖尼·奥涅金》中的人物。

士》,或记得《圣经》的某段诗句。我在引言中写下一些解释性文字,以言及那样的一些东西。但它们只是在读者需要它们时才在这里——如果你喜欢不附加散文的诗,或者读几个句子后就发觉我在讲一些你非常熟悉的东西,那么只需翻过这篇引言。

《图书馆里的女孩》是一首关于新世界和旧世界的诗:关于一个女孩,一个家政和体育专业的学生,她在南方一所大学的图书馆里睡着了;关于一个女人,她从一本书(普希金的《叶甫盖尼·奥涅金》)的后面看着这个在这么多人中睡着的女孩;关于这首诗的我,一个在两者之间的人。一个初次会面对象(blind date)是一个你不认识的、一起做某件事的人;如果他答应要来找你而没找你,他就是在对你爽约(stood up)。玉米王和春天王后有很多名字;最初,他们是男人和女人,在统治了一段时间后,被撕成碎片撒落在田野让谷物生长。

我的一些读者会笑着说:"而现在你就不打

算告诉我们,谁说'诸神自身,徒劳地与愚蠢相争'①?谁说'人不会是世界上最好的东西,如果人不太好'?谁已对他(作为一个小男孩)说'不要哭,小农夫'?"不。这会占太多篇幅,而且是一种对读者的干扰——而我不想在这个引言里再写更多,而仅提供一种或许对一些读者有用的、临时的信息片断。

《骑士,死神,魔鬼》是对丢勒版画的描述,读者可能会乐于比较这首诗和那幅画的细节。

《玫瑰骑士》中,元帅夫人凝视她的镜子,说昨天大家都叫她小雷蒂,而明天大家会叫她老妇人、老元帅夫人。我用她的话作为《面容》的题词。

《雷迪·贝茨》说的是一个黑人小女孩,她的教名叫雷迪。莫克橙也被称为奥塞奇橙子——它们看起来像巨大的绿脐橘,给孩子们留下深刻的印象。微不足道(trifling)的意思是没价值、废物、不中用的人,但有亲昵的意思。在南方罪犯有时会被当作仆人来转让。

---

① 贾雷尔这里对《图书馆里的女孩》中诗句的引用,与这首诗在本书正文中的文字不尽相同。

当海涅遇到歌德,告诉他,自己正致力于"我的《浮士德》",而歌德显得非常冷淡。《与魔鬼的对话》不是任何人的《浮士德》,但它确实有很多典故暗示魔鬼的过去。幸运的是,人们可以没看出其中的任何典故而理解这首诗。不过,让我提及三个典故吧:威尔·罗杰斯的"我从未见过我不爱之人";那位在念着"那有福的词,美索不达米亚"时已找到那么多安慰的老妇人;哈代作品中的小男孩写道:"我们太多了。"①

《空间中的灵魂(Seele im Raum)》是里尔克一首诗的标题;"空间灵魂(Soul in Space)"听起来很讨巧,以致我反而不能使用它。而大羚羊,是非洲羚羊中最大的品种——雄性大羚羊和马一样大,而你经常会看到人们在动物园惊奇又不安地盯着他们。

《圣诞节前夜的前夜》中的时间是1934年;这个女孩十四岁。"从上帝耳朵掉落的棉絮"那个片段是一个斯堪的纳维亚笑话,它在一个小女孩和她的弟弟组成的小家庭中成为一个家庭笑话。

---

① 哈代的小说《无名的裘德》中,裘德十一岁的儿子以为自己及弟妹三人是父母的累赘,杀死了幼小的弟妹后上吊自杀,遗书中写着"我们太多了,算了吧"。

《铁蹄》是杰克·伦敦写的一本关于工人与未来法西斯国家斗争的书。《即将到来的权力斗争》是约翰·斯特雷奇的一本书,一度广为人知。这女孩的父亲是"一头狮子""一头驼鹿",只是当他或许是麋鹿社①或扶轮社②或同济会③的一个成员时。《赞美学习》是一首歌,非常有力,令人难忘,由贝托尔特·布莱希特作词,汉斯·艾斯勒④作曲;在那些日子里,除了那个女孩,它也萦绕在许多人的脑海中。对这个女孩而言,恩格斯和马克思都是在场的真实人物,她已在《资本论》中读到论工作日的那一章,而那晚她正在读。她在学校读过《双城记》,而西德尼·卡顿(Sidney Carton)⑤的"这是我做的一件好得多、好得多的

---

① 麋鹿社(Elks),一个在美国从事慈善工作的组织,它的官方名称是麋鹿慈善保护会(Benevolent and Protective Order of Elks),最初成立时(1868年)仅是一个社会俱乐部。
② 扶轮社(即国际扶轮社,Rotary International),一个由商人和职业人员组织的全球性慈善团体,1905年创建于美国芝加哥。
③ 同济会(即国际同济会,Kiwanis International),或译作"基瓦尼会",一个以"关怀儿童,无远弗届"为任务目标的国际性公益组织,1915年创建于美国密歇根州的底特律。
④ 汉斯·艾斯勒(Hanns Eisler, 1898—1962),奥地利作曲家、音乐理论家和社会活动家。他是东德国歌《从废墟中崛起》的作曲者。
⑤ 狄更斯小说《双城记》中的核心人物。

事……"在她的心中,连同马大和马利亚、她的松鼠、她的弟弟,以及所有其他比她更不幸的人。

《黑天鹅》由一个女孩在很久以前言说,她的姐姐埋葬在教堂绿色墓地的白石下。

有一种叫做"生命之树"的被子图案。这个小男孩,卧病在床,做了一个梦,在这个梦里,好我和坏我(和不可控制的、无法解释的那另一个在一起)取代了汉塞尔与格蕾特①。

在《在病房:圣林》中,伤者用纸剪树,为自己做了一个圣林;伴随这些的,有床、衣服、护士、医生,他凭借自身之力,穿过伊甸园,鸽子和它的橄榄叶,荒野的岁月,燃烧的灌木丛,上帝和反叛天使的战争,基督的出生、死亡和复活。

在《在萨尔茨堡的游戏》中,我设置了德国人和奥地利人与幼童玩耍的一个小游戏。孩子对大人说,我,在这里,大人回答,你在这里啊,孩子用同样略略提升的调子,大人也使用同样分辨性的、确定性的调子。在我看来,如果世界和上帝之间,能有一场对话,或许就是这样子的。

《奥地利的一个英式花园》是一首关于新古

---

① 《格林童话》中故事《汉塞尔与格蕾特》的主人公。

典主义转变为浪漫主义、18世纪转变成19世纪的诗。有个人在观看了《玫瑰骑士》在奥地利的演出后,在回家途中思索这首诗——当他偶遇一个英式花园(浪漫主义在欧洲大陆的首个前哨站)时想着它。他想起了曼特农夫人的《阿塔莉》①一夜间为拥有所有废墟和前景的自然所代替;想起欧克斯·封·李赫诺男爵②遇见卢梭又过时地将卢梭误认为梅塔斯塔西奥③;然后想起梅塔斯塔西奥众多歌剧中最伟大的歌手,阉人歌手法里内利④——想起法里内利在西班牙和意大利阿卡德学院的经历,那所学院持续了足够长的时间,而能使歌德成为它的一名成员。这个人,看着花园里的假废墟、花园外真实的废墟,想起了那

---

① 法国诗人、剧作家拉辛曾在法王路易十四和曼特农夫人(路易十四的第二个妻子)面前读他的悲剧《阿达莉》。

② 欧克斯·封·李赫诺男爵(Baron Ochs von Lerchenau),奥地利诗人霍夫曼斯塔尔(Hofmannsthal)撰写文学脚本、作曲家理查德·斯特劳斯(Richard Georg Strauss)创作的歌剧《玫瑰骑士》中的人物。

③ 梅塔斯塔西奥(Pietro Metastasio,1698—1782),意大利诗人、歌剧作家皮埃特罗·安东尼奥·多梅尼科·特拉帕西(Pietro Antonio Domenico Trapassi)的笔名。

④ 法里内利(Farinelli,1705—1782),18世纪意大利著名阉伶,唱假声男高音,号称"女神的颤音",为歌剧史上最伟大的歌手之一。

些日子——伏尔泰风靡欧洲,而腓特烈大帝可以称《铁手戈茨·封·贝利欣根》①为"一部对加拿大的野蛮人来说有价值的戏剧";想起一些导致或伴随法国大革命的事情;最后想起拿破仑·波拿巴,他似乎是我们这个时代的先驱,小资产阶级水彩画家希特勒的先驱,来自于乔治亚神学院的扫兴者斯大林的先驱。当下的世界对他言说,用马克思的"别人了解世界,我们改变它";用实用主义者的"真理是有效的东西";用林肯·斯蒂芬斯②关于俄罗斯的声明,"我看到了未来,它运转着"。他刚看到的歌剧的一些声音应答着,以疑惑又无助的反对姿态,最后以元帅夫人的那一天,今天或明天到来为结尾——她的我们该怎么忍受它?平静地,平静地。有那么一刻,这座城市及其废墟,对这个人来说,似乎是一座尘世的死城,被一种鬼魅般的空气所困扰。

我能如此清晰地听到读者令人绝望的声音,"哦,不",以致我不喜欢告诉他,一定程度上《爱

---

① 歌德的剧作。
② 林肯·斯蒂芬斯(Lincoln Joseph Steffens, 1866—1936),纽约记者、《城市的耻辱》一书作者,因调查美国许多城市的内政腐败和早期对苏联的支持而为人所记忆。

尔兰主题狂想曲》是对《奥德赛》的一种戏仿。在原作中,它不是一台加法机,而是一支谁也不能认出的桨①;我可以召唤爱尔兰你,布伦人和博雷比人的飞地,只是因为读了(而且,更妙的是,看了书中的照片)卡尔顿·库恩②的《欧洲种族》。

《西尔斯·罗巴克公司》的男主角,通过大型邮购公司购买衣服、家居用品和注音圣经,他被邮购目录其他的部分吓坏了,而在面前看到了审判之火。

《金钱》的男主角,一个活着进入另一个年代的老人,言说着这首诗,在1920年代,商人们常说他们工作不是为了钱,而是为了服务。塔贝尔小姐即艾达·塔贝尔③,著名的丑闻揭露者;沃德即

---

① 在古希腊史诗《奥德赛》中,当奥德修斯到访冥府时,已过世的盲人先知泰瑞西阿斯告诉他,当他回到伊萨卡岛,杀死那些求婚者后,要带着一支船桨到内陆腹地,那里的人会认为他肩上扛的是一支"簸铲"(分开小麦和谷壳的农具),这时,奥德修斯要把桨插在地上,向海神波塞冬献出祭品,以结束他们之间的宿怨。这样,奥德修斯才会活得长久。

② 卡尔顿·库恩(Carleton Coon, 1904—1981),美国体质人类学家。

③ 艾达·塔贝尔(Ida Minerva Tarbell, 1857—1944),美国著名调查记者、传记作家。

沃德·麦卡利斯特①,作为"社会权威人士"同样著名。普罗维登斯市是罗德岛的首府。这老人的但给予也同样意思是当你买了所有可买的东西时,你才刚刚开始:你仍可以设立基金会,进行有附带条件的捐赠,然后用很多免税的办法让钱去了又来——金钱,以这种"轻灵化"方式,像以往一样强大。

在《解放者》第一节中,伽利略、牛顿和布鲁诺是被致辞的伟大的解放者。

《睡美人》讲述一个被谋杀的女人;她的尸体被放在一个行李箱里,行李箱在火车站接受检查。

《第八空军》是一首关于空军的诗,他们从英国轰炸欧洲大陆。躺着算任务次数的人在退伍之前还有一次任务。来自福音书里的习语,把这样的罪犯和替罪羊,和福音书写到的那个早期的罪犯和替罪羊作比较。

球形炮塔是一个有机玻璃的球体,它被置于一架 B-17 或 B-24 的腹部,容纳两架 50 口径机关枪和一个人,一个矮小的人。当这名炮手用他的

---

① 沃德·麦卡利斯特(Samuel Ward McAllister, 1827—1895),美国律师、社会名流。

机关枪追踪一架从下面攻击他所在的轰炸机的战斗机时,他随着炮塔旋转:他弓着身倒置在他的小球体中,看起来像子宫中的胎儿。攻击他的战斗机装备了榴弹的大炮。软管是一种蒸汽软管。

在某个时候,在第二空军——轰炸机训练司令部——"为了提高海外人员的士气",每个轰炸机组的成员被命令要学会吹陶笛。很奇怪,在黑暗的道路上走着,仰望着沙漠上空硕大的星星,听到一个炮手从远处营房吹他的笛。《临时兵营》里的英雄,在国外当炮手几年之后,现在是一个炮手教练。一个G.I.箱①是你我把它叫做垃圾桶的东西;一架24号是一架B-24解放者号,一种很像卡车的轰炸机。在一个休息室,士兵们晚上都打台球,或者听收音机,或者写信回家。当你在军营里刮胡子时,你通常会选择一面破损的玻璃镜子,从中你可以认出自己的一部分,或选择一面完整的金属镜,从中你可以看到一张脸。C.Q.是负责

---

① G.I.,"Government Issue"或"General Issue"的首字母缩写,用以描述美国陆军和空军士兵及他们的一般装备,但它最初指的是美国军队后勤服务部门使用的"白铁皮(galvanized iron)"。文中此处的G.I.箱(G.I.can)应当指空出的弹药箱/桶。

营房事务的士兵。士兵离开一个军区前,军区的每个部门须签署一份清理单,说他没带走他们的任何东西——但正如你所知,大家都带着某件东西离开。

《齐格弗里德》是关于一名炮手的诗,他曾在一架轰炸日本的B-29战机上。进入视窗这么多的海里,这么多的英尺:进入射击瞄准器或投弹瞄准器的速度和高度。

《来自航空母舰的飞行员》中,神灵(genius)是神明(Jinnee)这个词的另一个词形。

《飞行员们,各就各位》的标题,是航母通信系统的重复命令;而与之相伴的声音,像一支巨人的口簧琴奏出的声音。手表状的钢鱼:鱼雷被称为鱼。但在雷达管上,袭击者们振荡着:在雷达装置的管子上。每九秒或每十三秒一英里之速:如果它们是战斗机,则是九秒;如果它们是鱼雷飞机,则是十三秒。轻便的大扣带……如热水瓶晃动的筏子的重量:飞行员的降落伞和橡胶救生筏绑在他身上,在他的背上悬挂晃动。最终被锁在透明圆罩中,希望:飞机驾驶舱有一个泪珠状的模制罩盖。他的起落架落下:当他飞入自己航母的炮火中,他飞机的可伸缩的起落架掉了下来。

《阵亡的僚机》:一名战斗机飞行员,在离开日本的一艘航母上,在睡梦中寻找他的僚机。

《勒夫特战俘营》:一个关押空军战俘的德军集中营。其中一名美军囚犯在说话。

《犹太人在海法》:战争结束后的一年半中,很多离开欧洲前往巴勒斯坦的犹太幸存者,从海法被送往塞浦路斯岛的集中营。

《囚犯》中的人是美国的本地人囚犯。他们在深蓝色工装上有个白色的"P"。战争之前及初期,这个"P"被改成一个白球,就像一个靶子的靶心:如果犯人想要逃跑,宪兵就可以瞄准那里射击。

《哦,我的名字就叫山姆·霍尔》写的是三个美国囚犯和一个美国宪兵,在南亚利桑那州的B-29训练基地。卫兵的歌声是这样开始的:

哦,我的名字就叫山姆·霍尔,叫山姆·霍尔。

哦,我的名字就叫山姆·霍尔,叫山姆·霍尔。

哦,我的名字就叫山姆·霍尔,
我恨你们每个人——

是的,我恨你们每个人,

上帝诅咒你们的眼睛。

《普鲁士森林中的一个集中营》是一名美国士兵在被抓进一个德国死亡集中营后所说的内容。犹太人,在纳粹的控制之下,被要求戴一颗黄星。大卫之星被置于犹太人坟墓上,正如十字架被置于基督教徒坟墓上。

在南亚利桑那州的沙漠(一个点缀着轰炸机和战斗机训练场的沙漠)外面,独立的山脉有9000~10000英尺高,就像沙滩附近的岛屿。《休假》是一个在这样的山中度假的人的言说。

《前线》中,前线正逼近轰炸机基地;在无线电导航台五座塔的信号引导下,那些轰炸机正在着陆。只有一架在基地关闭前着陆;其余的向南飞往仍开放的机场。有一架飞机无线电坏了——它还在传输,但没收到信号——后来这架飞机试图着陆但坠毁了。

《第二空军》中,探望她儿子的女人记得她前周在报纸头版上读到的东西,在德国上空的火焰中,一架轰炸机和一架保护它的战斗机之间的一段对话:"然后我听到轰炸机向我呼叫:'小朋友,

小朋友,我两个引擎着火了。你能看见我吗,小朋友?'我说:'我正从你上方过去。我们回家吧。'"

《升起的太阳》中,断层这个词在它的地质意义上被使用。五色云:皇帝曾因一名地方官员发现了五色云,下令庆祝一年。从世界之上的六角屋顶:在日本人看来,世界的屋顶就像一座日本房子的屋顶,有六个角。颗颗头颅来自腑脏掏空、/跪着的子嗣们,墨守成规地滚动:在切腹自尽的过程中,跪着的人刺向自己腹部,他的头被助手砍下。武士……/他让一个四岁的蓝衣孩童/……鞠躬:那个年龄的学童会获得蓝色制服。孩子的白色骨灰……岩旁的神龛……一只漆盒……吸进了最后这股枯燥的烟:士兵的骨灰被运回家,被他的母亲或妻子放在寺庙,他的母亲或妻子为他点燃一根香烟,他在他的记忆中吸了最后一股烟。记录这种仪式的电影,作为一部日本纪录片的一部分,曾被放映给我们的军队看。

《新乔治亚岛》:这是南太平洋的一座岛屿。美国人占领了它;说话者是他们中的一个人,一个黑人。

《从新不列颠群岛到布朗克斯的地铁》:这首诗的"麻雀"生活于地铁广告的兰花中,死于新不列颠群岛热带雨林的兰花中。他从布朗克斯区来到那里,当他还是孩童时,他在世界最大的动物园里漫步,嘲笑栅栏里面的动物。

《美国病房》:这些士兵是疟疾患者,从南太平洋回家,在军队医院。

《美拉尼西亚的死者》:美拉尼西亚的意思是黑色岛屿。"Trades"是贸易风①。在美拉尼西亚的部分地区,最重要的圣物是一种类似鹦鹉螺的螺旋物,用敲出的野猪獠牙制成。浪人是最著名的日本英雄:他们就像冰岛英雄传说中的"无主人之人",我曾看到这个词被定义为"无地之人、无主人之人、像海浪的人"。

言说《真相》的小男孩,他的父亲、他的姐姐和他的狗在伦敦先前一次空袭的火灾中丧生,他被带到这个国家,来到一个儿童精神病院。

贾雷尔

---

① 贸易风(trade wind),又称"信风",指的是在低空从副热带高气压带吹向赤道低气压带的风。北半球吹东北信风,南半球吹东南信风。古代商船皆为帆船,靠这种风航行于海上,故名"贸易风"。

目录

1 生命

- 1　图书馆里的女孩
- 9　一种乡村生活
- 12　骑士,死神,魔鬼
- 15　面容
- 17　雷迪·贝茨
- 22　去年圣诞节我在家乡的时候
- 24　与魔鬼的对话
- 34　诺勒肯斯
- 40　空间中的灵魂
- 45　圣诞节前夜的前夜

66 梦行

- 66　病孩子
- 68　黑天鹅
- 70　软百叶窗
- 73　一种被子图案

78 海岛

81 在病房：圣林

广阔的景象

85 东方快车

88 在萨尔茨堡的游戏

91 奥地利的一个英式花园

101 一个灵魂

103 爱尔兰主题狂想曲

111 哈默尔恩的格吕克尔的回忆录

114 致新世界

118 童话

124 霍亨萨尔茨堡：浪漫主义主题的奇妙变奏

从前

134 搬家

138 睡美人：王子的变奏

141 王子

143 卡内基图书馆少年部

147 盲羊

149 滑冰者

152 约拿

| 155 | 歌:不在那里 |
| 157 | 在图书馆挑书的孩子们 |

160 世界是一切事实
160	西尔斯·罗巴克公司
162	乌托邦旅程
164	希望
167	北极 90
169	雪豹
171	培尔·金特,勃伊格,只有一个
173	金钱
179	解放者
181	变奏曲

184 森林中的坟墓
184	睡美人
186	一个故事
189	失去
190	夜的气息
191	后来
195	死亡之地

198 轰炸机

198 第八空军

200 球形炮塔炮手之死

201 损失

203 临时兵营

206 齐格弗里德

210 航空母舰

210 来自航空母舰的飞行员

212 飞行员们,各就各位

217 阵亡的僚机

219 焚信

224 囚犯

224 勒夫特战俘营

226 犹太人在海法

229 囚犯

231 哦,我的名字就叫山姆·霍尔

233 普鲁士森林中的一个集中营

236 营地和战地

236 摇篮曲

238	邮件呼名
239	公假在外
241	前线
242	那个生病的零
244	休假
245	沙漠靶场
247	第二空军

251 信风
251	升起的太阳
255	新乔治亚岛
256	从新不列颠群岛到布朗克斯的地铁
258	1945年:诸神之死
260	美国病房
262	广阔的景象
266	美拉尼西亚的死者

268 孩子们和市民们
268	国家
270	走近石头
271	天使们在汉堡
273	草案

275	变形记
276	真相

279 士兵们

279	启航港
280	队列
281	战地医院
283	1914
289	炮手
290	再见,温多弗;再见,霍姆山
292	墓间幸存者
296	战争
297	条款

生命

图书馆里的女孩

纷梦中一个对象,你坐在这儿,脱掉鞋子
把你的腿蜷在身下;你的眼睛
闭合一会儿,你的脸朝睡眠而行……
你相当有人性。
　　　　　　但我的心,在温柔中走出,
随一声周详的喟叹缩离它的对象。
这是一个腰身,精神在其上折断了它的手臂。
诸神本身,与你徒然相争。①
这宽宽的、低低的、有力的眉毛;这睡意沉沉的眼睛;

---

① 这里化用席勒的戏剧《奥尔良少女》的台词:"Against fool the Gods struggle in vain(众神徒然与愚人斗争)."

这双小腿,确实地生长肌肉;
这个鼻子,三颗中号的粉红草莓
——但我夸张了。不久你会离开:
我将听到,半是尖叫,半为厉叫,你致意的笑声——

然后,渐弱音,那奇怪言辞的小节,
在其中每种声音开始彼此寻找,
杀自己的父亲,娶自己的母亲,
最后以一个超越性的宏亮元音结束。

(但据我所知,埃及的海伦①是这样说话的。)
在我看来,世界环绕你而缩合:
我看到布伦希尔德②梳着褐色辫子,戴着她
学习用的眼镜;莎乐美③笔直的棕色刘海,
小牛的褐色眼睛,壮实的抹满肉桂的

---

① 指埃及女王克利奥帕特拉(Cleopatra)。理查德·斯特劳斯曾创作过一部名为《埃及的海伦》的歌剧。
② 瓦格纳的歌剧《尼伯龙根的指环》(其取材于日耳曼史诗《尼伯龙根之歌》并有很大改动)中,布伦希尔德(Brunnhilde)处于沉睡状态,为烈焰围护,后被英雄齐格弗里德唤醒。
③ 《新约全书》中年轻貌美的少女,受其母唆使,为希律王献舞后说想要一件礼物:施洗者约翰的人头。理查德·斯特劳斯曾创作过一部名为《莎乐美》的歌剧。

浅褐色四肢,一种苹果馅饺子的……

诸多野兽咬断一条腿而逃脱,

诸多海豚从必然性弓起——

陷阱包围了你,而你睡着了。

如果有人问你,你在这里做什么?①

你会像猩猩一样皱眉头

(但不那么悲伤;不那么沉思)

而用一颗纯洁的心回答,坦率地:

我在学习……

但愿你没有!

作业,

    食谱,

        《篮球正式

规则手册》——啊,随它去;你不必介意。

灵魂没作业,也没厨师,

也没裁判:它虚度时光。

            它虚度时光。

在这儿这飞地有几世纪

给你虚度:短促细长的生命溪流

---

① 语出《旧约全书·列王纪上 19:9》,原句为神的问题:"以利亚,你在这里做什么?"

蜿蜒于千个山谷,所有那些曾存在、或许
已存在或将存在的山谷。
这些书,只被匆匆翻阅,无尽私语……
然而生命艰难。在你迷离的眼睛有人看到
吉卜林在狗眼中看到的"半个不安的灵魂"。
有人看到它,在镜中,在自己的眼中。
在单独的房间,在画廊,在图书馆,
在泪水中,在心的探寻中,在惊人的喜悦中①
我们再次铭记我们古老的造物,
人性:打着何种呵欠不情愿的
肉体披上它的精神,哦,我的姊妹!

如此纷繁的梦!而没有一个烦扰
你生命之眠?没有自我从这些
磨损的六面体朦胧凝视,带着虚假的
微笑招手,含着泪?……
　　　　　　　而此时,
塔季雅娜·拉里娜②(灰眼睛被穿过柳枝

---

① 据伯内塔·奎因修女分析,这里的句法仿效《新约全书·哥林多后书 11:26》中的句式。
② 《叶甫盖尼·奥涅金》的女主人公。后文出现的"塔尼雅"为塔季雅娜的昵称。

投在连斯基坟墓的月光镀上了镍;

时而年轻害羞,时而年老冷淡又确信)

微笑着问:"但她,胖物梦见什么?"

我回答:她不胖。她没在做梦。

她打着呼噜,或舔着嘴,或奔跑着,一切都在她睡眠中;

她醒着,相信她是美丽的;

她从不做梦。

那些日出多彩

环绕人的头的云——那不可思议的魔力,

日落时,我们从中醒来,发现

我们的坟墓已挖好,家人死去,自己即将离世:

在这一切中,塔尼雅,她天真,无辜。

十九年来,她已面对现实:

他们看起来很像。

他们说,人不会是

世界上最好的东西——难道不是?——

如果人不太好。但她

——她已足够好。

然而,有时

她那结实的形体,穿着无肩带粉红礼服,

似乎沐浴在月光下

进入一种快乐状态,一种吕底亚调式①;

这呆板的平衡②是一只覆着毛皮的友善动物,

它,以事物的狂野,对灵魂言述怡人的谜语,

灵魂倾听,相信……

    无知觉的③可怜生命:

当,在黎明最后的浅睡中,信使带着

他的消息来到,你没醒来。

他会吹羽毛般的口哨,使劲摇晃你,

你会用大眼睛望着洒满浮露的院子

并以平静而缓慢的真实性梦见:

"今天是毕业典礼。我的家政学

学士学位,我的体育教育学

哲学博士学位

  [塔尼雅,他们甚至都没细看]

在等着我……"

    哦,塔季雅娜,

---

① 一种音乐调式。
② 这里针对于"黄金平衡"(即"黄金分割")而说,意即她不完美。
③ 此处原文为"senseless",另有"愚蠢"之意。

天使来了:与其用事实说话,"但我是个

好女孩",不如像小鸡尖声抗议,

以一个坚定的、终极的、陌生又茫然的微笑

迎接他的挑战;而——然后,然后!——看到

已对你爽约的初次见面对象:你的生命。

(对于所有这些,如果也许不是生命,

至少,仍有一种它自己的语言,

有别于这些书的语言;比这些书的语言

更糟。)

然而,我们错过我们生命的方式就是生命。

然而……然而……

    生命历程的全部即是然而!

你战栗着叹息。塔季雅娜低语,

"不要哭,小农夫";离开我们,随着仓促的一声

"再见,再见……啊,不要把我想得那么糟……"

你的眼睛睁开:你轻率地坐在这里。

我爱你——然而——然而——我爱你。

不要哭,小农夫。坐着做梦吧。
有人走着,几乎在你的皮肤下,
走向那些梳着辫子、边纺纱边歌唱的少女们;
那儿回荡着牧羊人的笛声,守夜人的拨浪鼓
跨越了岁月短暂而幽暗的距离。
我是你的一个念想:然而,你没想……
一个漫长的、盲目的、梦行的故事的火光
逗留于你的唇上;而我已看到,
确定,恒有,永远,就在你闭合的眼睛中,
玉米王向他的春天王后招手。

一种乡村生活

一只我不认识的鸟,

像稻草人一样弓在灯柱上,

斜望着热浪下

风摆动着的那些小麦。

这片土地土黄,如鸡蛋面包团

除了那边(就好像它们

令其徒有其表)一只蝗虫翻腾于

叶绿色和紫罗兰阴影之中,

一种固有的仁慈。

鸟叫了两次:"红黏土,红黏土";

或者它在说:"直接些,直接些。"①

倘若有人路过我可以问,

这儿所有人必定知道——

为什么他们会这么活着,这么死去——

或,为什么,这一次,那只掉队的苍鹭

---

① 原文"red clay(红黏土)"和"directly(直接些)"发音相近。

从小溪焦渴的水芹拍翼,
穿过杂草丛生沟流纵横的草地
到成行的黑色常青树下。

他们知道,他们又不知。
询问,你必定是异乡人——
而问询,更多的回答,蕴藏危险;
当被问及,有谁不会懊悔
他所有做过的、从没想做的一切,
且沉思一种生命及其不幸,
其偶然的、被紧攫的、内心的若干至福,
一个意外事件的诸种状况?
最远的那个农夫在一块田地,
一块荒凉的、农人种来收种子的庄稼,
已感受一种热望的、孤寞的都市风格
囚于胸中;而,就像我,
在他那古老的困惑中,已咕哝着
一个固有的凝立的请求。

在焦油的耀眼的广场
眼神游移,浸于无言又未承认的、
徒劳的悲伤中。

然而,对一个名字的诵呼坦露了
他们一些从没想要外泄
给灵魂的秘密;而什么言词,不会昏暗
在牛仔布或那一度洗得太多的
水洗服上方,那些低垂的风化的头?

他们顺服于自己的元素。
有一天,
那黏土的红脸
被放到裸露的黏土中;
寥寥数语后,身体被抛弃……
影子们拉长了,而一个希望在梦中
呼吸,从那模糊的土丘,生命;
星星在塔尖之下的
小树林那边闪烁,而一束漫游的光
点亮,为那哀悼者,人。
天使跪着,花环相伴,
月光中,看到坟墓。

骑士,死神,魔鬼

牛角顶冠、头发蓬乱、蓄玉米须的
死神是个稻草人——他的死神头,一个
朝人亲密倾移的手转陀螺
仅以蝰蛇相饰;他所骑的母马鬃毛卷曲,
马笼头穿绳,在一个骷髅旁咀嚼香草。
他警告,举起时间的交叉锥①:
过去和未来是流沙,在此
收缩成现在。

     一名长矛兵在后面小跑。
他长矛的拔钉锤仿效中嘲笑——分叉,
倒置——
他的巨角那麻点的、棱纹的、翱翔的新月。
一只衰老成阉牛的替罪羊;公猪鼻:
他柔软的大耳朵斜突在空气中;
一块垂肉坠至胸部;每只耳朵下面
一只羊角摇转;一只马刺卷烧,出自

---

① 指沙漏。

他前额的兽皮;蝙蝠翼,仅是棱骨;
他的眼圈一圈一圈又一圈
上抛媚眼,无欢,邪恶,恭顺而下流——
这是魔鬼。肉体对肉体,他
咩咩呼叫畜群回到存在的深坑。

骑士披着凹槽纹铠甲;长矛上方,是
那只老狐狸的灌木;一只羊狗跃向他的马镫,
忠诚地略略斜睨(我们的助手,
我们愚蠢的助手);他暗褐色的战马在身躯下
有力地迈步,隆重而庄严;
他的城堡——某个人的城堡——建于每一座
峭壁上:
就这样,就这样被陪伴着,骑士走过这世界。
魔王友好地哞叫,死神张口,提醒着:
他听着,而自信,甚至没对他们
投以一瞥,而沉着超然
看那——那——
　　　　　人的神情完成了自己。

他自己肉体的死亡,外于他而立;
他自己灵魂的肉体,外于他而立——

死神和魔鬼,对他而言,其为何物?

他的存在指控他——然而在决心中,

在绝对的强韧中,他面容坚定;

微笑的褶皱有益于沉稳;

面容是它自己的命运——人行其应行之事——

而身体在它下面说:我在。

面容

老妇人,老元帅夫人!

已不再美好,不漂亮——
甚至也不年轻了。
这不属于我。
那张脸,那些脸在哪里?
那些曾属于我。

是这样:我有画像,
不是这些老的样子;那时人们
行事不同……现在他们见到我,他们会说:
你还没变。
我想说:你没细看。

这是发生在每个人身上的东西。
起初你长大,你知道更多,
然后什么出了差错。
你活着,而你说:我活着——

而你以前活着……我已活了太久。

我明白,没有说不,
但说也一样。不。
我会指着自己说:我不是这样的。
我在内心一如既往。
而甚至也并非如此。

我曾想:如果现在什么也没发生……
而以前什么也没发生。

我在这里。
　　　　　但不太对。
如果仅仅活着就这样,
活着就比什么都更危险:

活着是可怕的。

雷迪·贝茨①

夏天,闪电在

一场暴风雨醒来,映照野草末稍

她的泥穴,经过那棵莫克橙②树——

在那里她光着脚,弓着脚

走在绿色的、颗粒皮的、腐烂的水果上

去吃黑莓,有擦痕的一把——

小雷迪·贝茨。

你今天玩得太久了。

睁开你的眼睛,雷迪。

    这是一个梦?

就像你妈妈过去常谈到的那些,那时

你还小并且认为梦是真实的?

在这儿,梦是真实的。

没有更多的梦,没有更多真实的——

---

① 诗题"Lady Bates",依贾雷尔自己在本书引言中的说明,"Lady"是这小女孩的教名。

② 即奥塞奇橙(桑橙),肉质果实会散发柔和香味,但味苦,不慎食用会导致呕吐,不适宜人类食用。

没有更多的黑夜,没有更多的白天。

当上帝、圣灵和孩童耶稣
听说起你,雷迪,
欢笑洋溢于他们的脸,像一组
四重唱歌唱:"雷迪·贝茨,
是你吗,小雷迪·贝茨
我们的公使,一个周日傍晚,
困于河里直至窒息,
穿着白衣,如天使之衣,红河的黏土
染红了你?雷迪,我们
派来取你的灵魂的两人在哪里:
一个炭黑色的天使,一个高黄色的天使?
黑夜在哪里,白天在哪里?
你在哪里,雷迪·贝茨?"
他们在东方寻找你,他们在西方寻找你,
他们把你弄丢在布谷鸟窝这里
吃着又白又甜的草心……
你还没拉直自己的头发就已死去,你一直
准备着别人的而不是自己的餐桌。
你站在那儿,帮你的继母
在院子煮水壶里的衣服,

听到玩耍的女孩们经过,她们

用嘲讽的温柔声音呼唤你:

"瓢虫雷迪①,瓢虫雷迪,飞回家里。"

你在家里。

在这儿,有自己的

一张床,几块石头

竖立在晒干的高草丛中——

而一棵柳树,夏末时

沙沙响,太干了而不能为你啜泣,

而叫枭逃跑

并呼叫,谁,谁——你害怕,

它也害怕:还有谁能看到

黑暗中的黑魂灵?

一个光脚的、猪尾的、卑微的黑魂灵

有着白泥球般的眼睛,

没有萦绕谁——它仍静寂地

呆在黑暗中,等待着,

当荧火虫断断续续地闪着?

缝住坏女孩嘴巴的织针

---

① 原文"Lady-bug",即"瓢虫"。

已缝上你的眼睛。
如果你能睁开眼
不会看到什么。
可怜的黑垃圾,
由于差错,风永远
吹走了你;而他们把风送给那些苦役犯,
因而它在总督的厨房做工,一个终身可信赖之人;
这些都写在生命之书上;
黄昏时白天与黑夜在你的墓旁相遇
面对你聊着天;白天,指着你的灵魂,说:
"这年幼的有色种的坏雷迪。"
而黑夜说:"可怜的黑人小女孩。"

但死神,如常地发令之后,
缓缓收回他的手,对你说:
"现在你已是大女孩,当你醒来
甚至也不害怕黑暗——
当你安然沉睡的那一天
终了,你醒来,
星星在傍晚升起
离你的墓草一两英寸高——
试着睁开你的眼睛;

试着去伸手碰一件东西,碰最近的,
伸手,稍微移动你的手,试着移动——
你动不了,是吗?
你不能动……
你睡着了,你就睡着了。"

去年圣诞节我在家乡的时候

去年圣诞节我在家乡的时候
我拜访了你们一家人,
你的姨妈们,你的母亲,你的妹妹;
她们依旧对我很亲切。

她们告诉我,我看来气色多好,
很明显羡慕我的妻子;
我喝着茶,聊着天,
又玩着我的面包或小刀。

你的姨妈们似乎更苍老;你的母亲
蹩脚的意外的微笑
在小布垫和小布垫间徘徊;
你僵硬的脸仍然

抛下我,嘴唇启开着,那
走钢丝者的表情……
但现在有哪个会注意到

我在看或者不看

你母亲照片旁的一张照片?
没有人会关心我们
说过的,做过的,想过的一切——
我们曾在的那个世界。

与魔鬼的对话

宽容的,或率直的,或不寻常的读者
——我有一些:一个妻子,一个修女,一两个幽灵——
如果我要写,那我会为你们而写;
所以悄声说吧,当我死时,我们太少了,
重写我(如果你能写;我几乎不知),
我——我——但什么都行,
我很满意……然而——

　　　　　　　　然而,你们实在太少了:
是否我应为你的兄弟们写,
那些狡猾的、普通的、不纵容的人?

凡夫俗子,老兄! 凡夫俗子! 我的心,
要不然我的肚子——某个可怜的空虚部分这么说。
它在我体内变暖,一只炉边之狗,
哀鸣,或咆哮,浮现懒洋洋的黑色微笑:

我从未见过我不爱之人。①

生命艰难,对他们而言……这些凡夫俗子……撒谎吧,老兄,撒谎!

好啦,放弃它——这发牢骚的诗歌;

任何人都无所谓。如果全都不奏效,

啊,那么,要有信心。

> 那有福的词,民主!

但你真奇怪:此刻诱惑我!

这让人忆起过去的一切:那些最早的提议

——我怎能忘记?——"每首诗保证

一个谎言,或永远离题。

我们装备诗歌和读者。"好一个口号!

(我只要信任"我的守护神";

私下里说,"由魔鬼口述"。)

我还能在那教室看到我的画像。

然后——现在谁有它?——《世界的极恶》,

---

① 这是对美国喜剧演员、幽默作家威尔·罗杰斯(Wil Rogers,1879—1935)的名言"我从未见过我不喜欢的人"的戏仿。

那浪游的犹太女人,莉莉丝①那部小说,
她在床上躺了六千年。
(它包括销售,剧情概要,
和感激的用户们的感言:
一点也不像一本书……胜于生活……)
                              胜于生活。
那时我们彼此多么不了解!那时我那样
嘲弄地颔首:"汝几乎说服了我。"
而给出我的提议:
              "如有可能,我不会
对我渴望的生命时刻说:停留一下吧,
你真美!② 啊,你可以有我的——
影子。"

---

① 希伯来民间传说中亚当的第一个妻子,后来被夏娃代替,在后世的传说和故事中,莉莉丝成为一个邪灵。歌德在《浮士德》中描绘瓦普几司之夜的场面时,借魔鬼梅非斯特之口道出莉莉丝的身份:"你把她看个仔细!是莉莉丝。""是亚当的前妻。你要当心她那美丽的头发……"(歌德著,钱春绮译:《浮士德》,上海译文出版社,1989,第255页。)

② 这里互文《浮士德》第一部第四场的经典段落,浮士德对魔鬼说:"假如我对某一瞬间说道:'请你停留,你真美好!'你就可以把我捆缚起来,我愿接受灭亡的果报!"而后浮士德应魔鬼要求,用一滴血签名。

  我们真实的条件并非如此

而签名盖章永远生效,没有用血

或墨水,而以我的生命:既不存活

也不求生——那不是一笔坏交易,对于

一个诗人的可怜魔鬼来说,不是吗?

人生成一种孤独,称之为平静。

因此你描述它;然而——然而——人得到

报偿:

洞察事物的本质,让它们成为可能的那样——

真理的老父亲,接受的老灵魂——

即某种东西……是否,后来,我们撕毁了我们

的约定——

  他打断了我:只是,多么尊贵啊!

我曾在歌剧院见到男高音

他扮演渔夫——采珍珠,或采灵魂的渔夫。

他披着豹皮,躺下,死去;

然后侧身躺着唱了十分钟

又再次死去,然后,被鼓掌,

鞠了六次躬,倚着胳膊肘,

而在第七次时又开始应邀再唱。

我想,他,是个诗人。

宣告放弃,宣告放弃,

你用纯净、清朗、严肃、激越的声调歌唱

然后放弃——你害怕接受的任何东西,

即每一件东西;在那之后

因梦见替代它的别物而接受荣誉。

难道已有之物对你①来说不足够?

你必须一直创造些什么?

每个傻瓜必须编自己的谎言?

你们这些生灵,难道存在不会因你们

导致别物存在而厌恶你们? 创造,创造——

你们像老鼠吱吱叫,然而全是伪善之词——

多少次,你们每个人,在自己心里,

已把世界清洗掉,然后想:

现在没必要问:"如果他人活着,我会不会活?"

尽管如此,我坦白我和我的好邻居

一直相当羡慕你们的存在。你们

种种简单的奇思异想! ——但我俩都喜欢它们:

"亲爱的上帝,让我天真或智慧吧。"

---

① 这里及下一句的"you"也可理解为"你们",指向诗人群体。

卡片目录中的每张卡片一直在祈祷；
然后死去，而那个神圣的图书管理员
又再捆绑他①——

   再捆绑？这很奇怪；但那时，他很奇怪
而依照常理——

    我在撒谎：根本没有常理。
世界分裂成——相信我——事实。

我明白魔鬼能引用维特根斯坦的话。
他比他被上色时还要黑。

    苍老的墨迹，
你，究竟是什么？一个戏仿。
你可以满意？那我怎么可以？
如果同意，那岂不是背弃？
一只浴缸里的狗，它以前是晨星！
这么远地落在这世界，
当此时，此处，此次——以及所有人都买

---

① 对于《浮士德》原文"... Dann magst du mich in Fesseln schlagen ..."一句中的"Fesseln(给……戴上手铐；捆住，绑住)"，中译中郭沫若译为"把(我)枷锁"，董问樵译为"将(我)枷锁"，钱春绮译为"套上枷锁"，绿原译为"铐起来"；英译中 Bayard Taylor 译为"bind"，A. S. Kline 译为"grasp"。

无聊、驼背、脸颊松垂的那一项

以免永恒的篝火熄灭——

啊，路西法①！

但随之变得更黑，一个尴尬的微笑

晃过他的口鼻，他打断了我：

很奇怪，你从未想过：我计穷智尽。

诱惑，有时，是一种不合时宜的无聊物

像你进入——但我为什么要说，说什么？

火边伸直四肢，即兴发挥：

这让我欢愉，而今不为我所需。

甚至你必定明白我将过时。

一个个人关系方面的专家，

我给你们每人估价。

你有你的缺点；但你本质很坏。

我向你保证，我厌恶每个生命，因为他们本身。

——冷淡地经营生死；

出卖，批发，零售，灭绝；

---

① 路西法（Lucifer），既作"金星""晨星"解，又指"魔鬼""撒旦"。这里承接前文的"Morning Star（晨星）"。

等等——我不细说了——

这难倒了我。

    对于人类,眼下,我应给点建议?

我徒劳无功,如你所知;但不荒唐。

在这儿,在我的炉边,害臊,怠惰,我作总结:

我从没理解他们:结果

他们没有我就完蛋了……

      "刮擦一个医生

找到一个病人。"过去我常说。

既然我有时间,我分析了自己

而发现我在变,或者已变得——

也许,一直是冷漠的。

全心全意地爱或恨一个人

耗尽了其本人。而你①似乎听我的话

多么全心全意地演示

值得毁灭的一切!——一个怠惰的警句

没人比我更不认真地采用。

当然,事情就是这样;然而——然而——

---

① 这里也可以理解为"你们",指向诗人群体,或人类。

我发现我已习惯了你。地狱给我们
种种习惯来代替幸福,唉!
当我展望未来,当我想起那句话:
"我的行当已消失。"就有一种剧痛。
但十二点正敲响:是时候躺到床上了。

我想:他变了——这一切动摇了他。
他一直很微妙:一种交往的精神,
一种达成协议的方式——
     现在,不再有协议了!

那些令人愉快的废止契约之夜!
多么感激,在拒绝五幕剧、最后一次坚定
握手、颤音和统计数字之后,
他会作结语,用假声:"但让我们现实一点吧——"
或许,他言过其实了?他夸大了……
一会儿后他会,多么平静地总结:
"我接受这一切。"
    而现在不能
接受,现在已夸大了——
     做任何事情:

对他来说很难。他已多少次说过:
"我喜欢你一直在做你想做的事。"——
他不能。自由意志那么强烈地吁求他;
他想过,我想:如果他们有选择……

他没错。而眼下,没有选择!

诺勒肯斯①

（十八世纪末期，英国有一个非常小个、非常孩子气的人——一个糟糕的拼字者，一个更糟糕的守财奴——他在他的时代是最著名的肖像雕刻家。他有一条叫赛博勒斯的狗②、一只叫珍妮·多德尔的猫、分别叫勃隆滋和玛丽·费厄利的两个仆人，还有一个叫玛丽·韦尔奇的妻子。所有我的诗说他做过的东西，他都做了；我读到的这些，来自《诺勒肯斯与他的时代》，"小史密斯"③在诺勒肯斯死后写的那本书。）

---

① 诺勒肯斯（Joseph Nollekens，1737—1823），出生于伦敦，其父为艺术家。诺勒肯斯曾在罗马学习和工作，后回伦敦创立雕塑公司和工厂，成为著名的雕塑家，并于1771年成为英国皇家艺术学院院士。他现在通常被认为是18世纪晚期英国最好的雕刻家。

② 本诗涉及的几个名字皆音译，其有某种含义，如赛博勒斯（Cerberus），意为"冥府守门狗"；珍妮·多德尔（Jenny Dawdle），意为"游手好闲的珍妮"；勃隆滋（Bronze），意为"青铜"；玛丽·费厄利（Mary Fairy），意为"仙女玛丽"。

③ 指约翰·托马斯·史密斯（John Thomas Smith，1766—1833），英国画家、雕刻家、古物研究者，诺勒肯斯的遗嘱执行人，1828年他出版了传记《诺勒肯斯与他的时代》，以生动的细节和惊人的坦率描绘诺勒肯斯奇特的守财奴形象。约翰·托马斯·史密斯最初也想跟随诺勒肯斯成为一名雕塑家，但后来他去了皇家艺术学院学习。他的父亲纳撒尼尔·史密斯（Nathaniel Smith）也是一位雕塑家，曾为诺勒肯斯工作。

老诺勒肯斯? 不,小诺勒肯斯:
那个雕塑人。"站在这里,你就会看到
九条街的入口,"他告诉数着它们的
小史密斯;"我妈妈带我看了这些街道。"
他用卡尺戳到国王的鼻子。①

他站在国王街,穿蓝条纹长筒袜,
戴旧的丝袋假发——真正的加里克②发式——
用塞缪尔·约翰逊③的声音说:
"真不错,拉斯沃斯夫人,你做得对极了。
我小的时候戴一顶布丁帽;
我母亲的孩子都戴布丁帽。"④
但约翰逊,有一次对着他:"汪汪,汪汪!"

---

① 诺勒肯斯为国王制作胸像时曾用卡钳去量国王的鼻子。

② 大卫·加里克(David Garrick,1717—1779),英国演员、剧作家和戏剧经理,也是塞缪尔·约翰逊博士的学生和朋友。他对十八世纪整个戏剧实践影响深远。

③ 塞缪尔·约翰逊(Samuel Johnson,1709—1784),常被称为约翰逊博士,英国历史上最有名的文人之一。

④ 这是诺勒肯斯在街头与别人搭讪时的话。布丁帽,为了防护小孩摔倒时撞伤头部特别加了软垫的帽子。

狗—詹宁斯①、"莎士比亚"斯蒂文斯②、"雅典人"

斯图亚特③——这些人,这些人也,高兴地忆起

一个里奇先生④(他用脚抓耳朵,

像一条狗)的独特能力。

这和那个气球⑤需要一样多的智慧。

五月节,挤奶少女们跳舞,而有收入;

---

① 指亨利·康斯坦丁·詹宁斯(Henry Constantine Jennings,1731—1819),古董收藏家,其收藏品最有名的是一尊公元2世纪的罗马仿希腊青铜像[后被称为"詹宁斯之狗"(Jennings Dog)],他因此被称为"狗—詹宁斯"。
② 指乔治·斯蒂文斯(George Steevens,1736—1800),莎士比亚作品著名的评论家,其与塞缪尔·约翰逊合编的《莎士比亚作品集》(10卷,1773—1774)被称为约翰逊-斯蒂文斯版本。
③ 指詹姆斯·"雅典人"·斯图亚特(James "Athenian" Stuart,1713—1788),苏格兰考古学家、建筑师和艺术家,他在开拓新古典主义中扮演了核心角色。
④ 史密斯的书写到,诺勒肯斯对史上最美妙的游吟诗人和不朽的莎士比亚毫无兴趣,却喜欢哑剧和花衣小丑的魔术,喜欢街头表演的《潘趣和他的妻子》,里奇先生像狗一样用脚搔耳朵的神奇能力更使他高兴得不得了。
⑤ 原文为"are-bolloon",指诺勒肯斯。史密斯的书写到,拼写能力差的诺勒肯斯把"air-ballon(气球)"写作"are-bolloon"。

屠夫的雪屋已被签上名:诺勒肯斯;

他从皇家艺术学院的潘趣酒①偷走了肉豆蔻——

给赛博勒斯只半个肚子的食物,

告诉它:"你今天吃了个面包卷。"

但玛丽·费厄利责骂诺勒肯斯②,

而老勃隆滋用胳膊搂住他的脖子

问候他。诺勒肯斯叫道:

"什么!现在你要钱——我没钱。

你会跳舞吗?""跳舞,先生!啊,我当然会。

把猫给我。"当他看着珍妮·多德尔,

他的虎斑猫,和勃隆滋环绕房间翩翩起舞,

快乐的泪水顺着他的脸庞

淌落在他的围涎。

    然而有一天他

勃然大怒,对这只最宠爱的猫

因为它咬了一支他用来

给门链上油的蘸水笔的旧羽毛。

(他向它展示,解释

---

① 又译为"宾治酒",一种混合性饮料或微酒精饮品,由多种成分(烈酒、柠檬、甜味剂、水、茶、香料等)配成。

② 史密斯的书写到,玛丽·费厄利是一个强横的仆人,敢责骂他的主人。

它做的坏事。)就这样,为了抓老鼠,
为了一网打尽,他用一磅奶酪
涂满捕鼠器;就这样,从那个塔他去找乔治
做模型,叫道:"他们弄了
这些狮子在那儿!最大那只真的那样吼;
我的心肝,它真的那样吼。"雕刻家在吼叫。①

冬天,当鸟儿从树枝跌落下来,
冬天,当他的仆人施舍乞食者,
他的妻子喊道:"贝蒂!贝蒂!给他们这个。
这儿有块骨头,上面几乎没肉。"
那个人,紧盯着另一个人,
重复着:"比尔,我们将有块骨头
上面几乎没肉。"
     就这样。

他留下了二十万英镑——和两只
旧鞋,他最后两双鞋中磨损不大的那双;
一顶睡帽,两件衬衫和三双长袜;
还有他和玛丽·韦尔奇结婚穿的那件外套。

---

 ① 这里描述诺勒肯斯被国王乔治三世(1738—1820)召进宫中时与国王交谈并模仿猫的吼叫。

"怀特夫人生了一个太阳?"①
谁测量了死去的皮特?啊,诺勒肯斯,把花边
藏在胸像中偷偷带出!留给可怜的勃隆滋
仅二十磅!然而,谁死了都这样?

"摇个铃,摇个铃,我漂亮的小丫头?——
啊,我会。"而我看到竭力伸长身子去摇它,
这新月形、踮着脚的诺勒肯斯……②"我的
心肝,
坐在黑暗中,省一根蜡烛——"
我悲叹;但他坚定瞪视,说:
"如果你们发笑,我会把汝等当傻瓜。"
而我点头,默然沉思:
"啊,这是雕塑家诺勒肯斯。"

---

① 在史密斯的书中,诺勒肯斯的日记写着某某夫人"生了太阳(brought forth a sun)",这应该是拼写能力差的诺勒肯斯的错误【英语中"son(儿子)"和"sun(太阳)"同音】。贾雷尔在此故意提问。

② 这里描述喜欢看士兵换岗这种热闹场面的诺勒肯斯应一个小女孩的恳求去摇铃的喜剧情景。

空间中的灵魂①

它坐在我丈夫和我的孩子之间。
一个位置留给它——一盘绿色蔬菜。
它已在那儿:我已见到它
但不知为何没有——但这像一场梦——
已没看到它所以我知道我看到了。
我好像不能知道我看到它
因为我一生中从未有一次
没看到它。这是一头大羚羊。
一头大羚羊!这就是为什么孩子们
在圣诞节时会问我的丈夫(为了一个笑话):
"爸爸,是堂纳?"他会说:"不,布利岑。"
它一直在那儿。后来我们把餐具放在
它用餐的地方,我们自己吃的东西
同样给它吃,没说一句话。许多次
当它呼吸粗重(当它已长久地尝试

---

① 本诗的题目借自里尔克一首诗的题目,其主旨又类似于里尔克另一首诗(关于独角兽)的主旨。

说话而无法说出)凑近我因而

我触摸了它一下——一种不同的生物

体型和法则,就像马的脖子

生动而硬挺的侧边,当你轻拍马的时候——

它就用柔情又无泪的、流苏般垂下几根

粗如铁丝的睫毛的大眼睛

凝视我的眼睛,并且对我私语,

因而我的眼睛在它们的眼窝回转

而他们什么也没说——

   许多次

当他们什么都没说,我知道

它根本不存在。如果他们已听到

他们不可能保持沉默。然而他们听到了;

许多次听到我说过的话,

当它不能再说话,只能呼吸——

当我不能再说话,只能呼吸。

而,过了几年,其他人来了,

 从我身边带走了它——它生病了,他们告诉我——

 并治好了它,他们写信给我:我所在的整个城市

给我寄来了紫丁香一样的明信片,哀悼
当我已哀悼——
$\qquad$ 而我站立
在鲜花的坟墓旁边,在染了色的草皮
和一块帆布大帐篷,地球最后的棕褐旁边。

事情已过去。
事情已过去这么久,以致我开始想
那时它不存在,我从来没有——
而一天早上,我儿子看着报纸,说:
"一头大羚羊。看,一头大羚羊!"
$\qquad\qquad$ ——就是这样。

今天,在一部德语字典里,我看到了 elend,①
我的心在胸中翻腾,这是——

这是一个人们译成悲惨的词。

就好像有人记得那句话:

---

① 德语中"elend(不幸;悲惨;痛苦;贫困)"与英语的"elend(大羚羊)"为同一词形。

"这是我用种子种出的一个椅罩",
而这是真的。
    而,真的,
人不会希望有更奇怪的东西——
更多的东西。然而这并不有趣……
——这比不可能更糟,这是一个笑话。

然而,那时当它存在,我活着——
甚至想,以前我想
能看到它,是感到汗水像针
在我发根上,现在我看不见

——这甚至不是一个笑话,不是一个笑话。

然而,我怎能相信它?或相信我
拥有它,一个丈夫,孩子们?我的声音是否是
存在表面的声音——那拥有者的,被
荣誉或耻辱地拥有的,被忍受和忍受的存在——
或原始事物的声音,在它里面,存在
既没妻子,也没丈夫,也没孩子
而最终赤裸地离开这世界

一如赤裸地生到它之中——

而大羚羊来到,在它的坟墓上吃草。

这是无知的①?
我该言之有理,还是说出真实?
两者选一——我不能两者兼得。

我这么告诉自己。然而不是这样,
而我以后说的不会是这样:
存在根本就是错误。
存在就是变老,
就是在桌子对面,几乎是舒适地,
从——

  从我未知之物——

用饱含
一种渴望的满足的声音,说:
"拥有一头大羚羊!这是我所说的生命!"

---

① 这里原文为"senseless",有"无知的""无知觉的""无意识的""无意义的""昏睡的""愚蠢的"等多层意义。

圣诞节前夜的前夜
（1934）

希尔斯伯勒庄园的

新土地和老树林之中，

阿登公寓只有

一个社区中心，一座公寓，住着

一个女孩，她的父亲，

她的姑妈，还有她的一个兄弟。

许多夜晚，温暖的床上，

这女孩仍会梦见母亲，

她，两年前去世，

看起来更像她的姐姐而不是她的母亲

——他们这么说过——

而缓缓地，一个黑黑的闪亮的头

搁放在女孩新老师

那黑黑的伛偻的肩膀上。

有什么问题吗？

这女孩忘记了回答，

看着他打开出租马车的门，那

马车正带来一份舞会请柬：

直到穿毛皮的母亲消失，

女孩向那房子走去

又凝视她的指甲，裸露通红的膝盖——

然后搓着皲裂的冷手

把它们拢进了水手服。

在圣诞节前夜的前夜

她的兄弟眺望着

下了整天的雪，最后

看见她，在两层楼下，

他敲了敲窗户——关得严紧，覆盖着霜——

直到她挥手并用她的嘴

做出一个圆圈——她在喊叫。

当她爬上楼梯

雪停了，从楼梯，她的视线越过

那些大的老房子，小的新房子，

和林中那些乱成一团的树枝，看到

小山中的太阳……

      回家，回家。

她把书扔在沙发，

而那个男孩，从他的床上，

对着她叫:"妈妈,雪是什么?"

她回答说:"就是棉絮,我的儿子,

那是从上帝耳朵里掉下来的。"

男孩说:"噢噢!

但告诉我,妈妈,

为什么他要把它放在耳朵里?"

她回答:

"我的儿子,这样,他或许就听不到

那么可怕的人用他的名字。"

男孩说:"是的,不能乱用,不能乱用!"

她说:"一直在乱用。"

但当她打开她房间的灯时,她自语:

"多么可怕,人们用他的名字……"

她和父亲和姑妈一起吃晚餐,

她拿一个托盘给弟弟;

她在起居室能听到

收音机里的颂歌,当她寻找着多米诺骨牌。

然后,她试图给她的弟弟读

《铁蹄》①的另一章。

---

① 《铁蹄》(*The Iron Heel*),杰克·伦敦的小说。

"不,把《斯特基》①读给我听。"

她开始读,但说着:"我在你这年纪时

一直在读它。"他回答:"这不是真的。"

她喊道:"哎呀,不是吗?啊,在德国——"

但她停下,最后说:"好吧……"

而读到雷古勒斯满怀勇气地,动身

前往迦太基,那如黑鬼曼彻斯特的地方②。

她把它读成,黑人曼彻斯特,

但他还是不明白。

她笑了,对她弟弟说:

"恩格斯住在曼彻斯特。"

男孩说:"恩格斯是谁?"

她说:"你不记得了?"

那天晚上,她在自己的房间,望着镜中的自己,

---

① 即英国作家吉卜林的小说《斯特基及其他》(Stalky & Co.),描绘英国一所寄宿学校几个处于青春期少年的生活。

② 在本诗中,贾雷尔并没有让女孩读《斯特基及其他》,而是读吉卜林后来的、以相同人物为主人公的小说《雷古勒斯》,在这篇小说中,老师解说雷古勒斯时,把迦太基比作曼彻斯特:"他了解迦太基,它有像被上帝抛弃的黑鬼曼彻斯特。"历史上曼彻斯特由于工业革命曾受到严重的环境污染。

她想:"我看起来真的像这样吗?"

她凝视她的头发;它真的

是一种美丽的金黄——无论如何,是黄色的:

她柔情地梳着,然后

把刘海全抹到发后,它就这样斜披着。

她的牙齿这么白。

一个翘起的鼻子……

不,没用。

她想:我到底长什么样?

我不知道……

真的不知道。

  真的。

一些洋娃娃和一件缝有字母的毛衣

还有一只浅褐色的毛毛熊,

一本粉红色,一本金色,一本蓝色

童话书,所有都在一排,

墙壁那轻盈的、明亮的、有白星的蓝色

发着光,晦暗的窗帘——

时代错乱

东方的太阳和西方的月亮。

她用白色薄纸裹起

一本闪亮的、要给她最好的朋友的

《即将到来的权力斗争》①——

系着它,细线金色的、韧性的一端

在她嘴里,一端在她的左手;

用右食指按下这个结……

她包起为弟弟找到的一些

寓教于乐的东西,

而一个大小适中的礼物,打算给她的姑妈,

她编织的手套、她挑选的领带

给她的父亲——可怜的狮子,

可怜的麋鹿。②

她会给他一些有意义的东西

但都没有用:

人们是这么迟钝。她

又遗憾又愤慨,心想:

"啊,他倒不如不活……"

在他的办公室看到了所有的格言,

---

① 英国工党政治家兼作家约翰·斯特拉切(John Strachey,1901—1963)1932 年出版的小说。
② 这里指女孩的父亲或是狮子会会员或是麋鹿社会员。参见作者在本书序言中的说明。

像即刻行动

和满怀希望地前行

是一件比抵达更好的事。

不过,他很难过,当我的松鼠……

他如兄弟般难过,当我的松鼠……

包装礼物时,她自语着。

在外面,风是——它所是的任何东西;

在里面,它是自己古老的

可怕的抚慰人心的自我:

一个故事中的鬼魂——所有都是一个故事。

一段令人不安的、震动的、抚慰人心的曲调

伴着她温暖头脑中

寒冷的词——她温暖的头脑

寒冷的世界一直歌唱——

　　　　　赞美学习:

　学习吧,厨房里的妇女……

　学习吧,七十岁的老头……

她继续翻着那些

大张的小字体印刷的纸页——

一种世界……

使用价值,剩余价值

和交换价值(所有这些,和普通

价值)

嘎吱着缓缓经过,马车呻吟着——

嘎吱着经过,像碎片,像瓶子——

像碎片,像瓶子,像老骨头……

人们的骨头。她的呼吸变得急促,

带着怜悯的、愤怒的痛苦。

她想:很有趣……

很有趣:一台独眼巨型机器……

它用一只瞎眼惊瞪她。

谁挖掉你的眼睛?

   无人。①

她看着,嘴唇启开,

一个不情愿的斜瞥,

远远地,从一排排人物中

辨认出做工的孩子们:

埋藏在众多人物中的一个人

乞求地看着她,一头痛苦的野兽。

她伸出手,探入

---

 ① 这里指《奥德赛》中奥德修斯与独眼巨人的故事。

黑暗,直到它触碰到:
在那一瞬间,她的肉体凝成了铁块
并带着血离开。
痛苦的眼泪,她自己
消极的、内疚的、无用的痛苦的泪水
在眼中溢涌,她一遍遍地眨眼。
　去了解。工厂中,在你们的
母亲们身旁的七岁的男人们——
　你自己不去了解,你就不明白。

她想起她的弟弟和小马们
下到坑里,太阳还没出来,
又回来,黑黑的,太阳早就下山——
没有学校他甚至都不知道
上帝是谁,像书中的
那个人——
　　　　甚至不知道
足以不信上帝的东西……
她沉思,正如她已思考过,
她过于疲倦的旧念头,
到此只有一句话:
"但如果他全能,至善

这世界怎么可能存在?

不——没有上帝。"

她念着。

这些形象,这些价值观念,那一个价值观念
披上她呼吸的云——
那个声音回荡在那个黝黑
微驼的肩膀上,
消失了,留下微弱的嗡嗡声:"不公平。"
在她的脑袋中,嗡嗡声
随她缓慢呼吸的嗡嗡声变得模糊,
她的脚的肿块,她紧紧粘在一起的
睫毛,被永远洗刷着,闭合着,在某种波浪中,
波浪冲刷着,一遍又一遍,在某个海岸上
某种东西……某种东西……
　　　　　　　　但她的头猛地直仰,
那首歌声音昂扬,最后一句直击要害:

你得准备好夺取政权!

你得准备好夺取政权!

她正在读工厂法案,一个房间里的女孩。

而后——房间越来越冷,
她太累了,再也抬不起头——
她把书放在一边
抚捋她的头发几下,
又探入
瑞氏雪花霜瓶,抹了
一些霜膏;然后呵欠连连,穿上
她的男孩式蓝丝绸睡衣,
她白色的生日
安哥拉羊毛睡袜。她打开窗户——
她的散热器当啷响了一会,
就像在地下室的某人
为夜晚堆起火炉——
而她关上了灯。

她半身在月光中,半身在月光外,
躺在纯粹寒冷的
新床单中,在被单的星辰图案下;
在那里蜷曲着,慢慢温暖了
一个世界,一个颤动的盲目的椭圆
在她那麻木又畏缩的脚的
多次跳踢中变长,

变得稳定……一列火车嘶鸣着,一遍又一遍,

在一个十字路口。"就像马大①,"

她喃喃而语,"散热器是这样的。"

马大机车司机的

那些长长的、悲哀的、空洞的问题

(从马大门卫那里,你不可能得到

比鼾声更多的东西,到此为止

他睡在地下室的铜床上)

让穿着睡袜、内疚地听着上帝

空洞回答的马利亚烦恼。

可怜的人,可怜的人……

   她游走的思绪

趋近一种快乐之物,

一种悲伤之物——

一个洞穴敞开,通向黑暗的

土地,直达那死者:

是什么,日复一日相伴玩耍,

---

 ① 马大和下文的马利亚均为《圣经》中的人物,马大为马利亚(及拉撒路)之姊。圣经原典对那两人行为的描述,涉及耶稣对操劳事务的人(如马大)和思考问题的寻道之人(如马利亚)的辨别(见《新约全书·路加福音 10:38-42》)。本诗中的女孩就像马利亚一样喜欢思考。

被抚摸,被叫唤,被喂养
在这小小的、荒芜的、零乱的公园——
夜复一夜被谈及,对着这男孩,
他倾听着,渴望着,在
撒满他凌乱的床的玩具当中——

      一个冬日,过去了。

她曾想:"明天
它将在一直在的地方";而次日
她想:"明天它会再来。
它现在在它最喜欢的树凹那儿
和其他松鼠一起睡觉。
在那棵空心树它的洞穴中,它
靠所有它藏好的坚果活着。"

在温暖的日子,那整个冬天的温暖日子,
春天所有的温暖日子,
她明白了它物——从未属于她;
她想过,试着不去想:"哎,任何事情都
有可能发生在它身上";她想,如同生者
想起他们的生活:"哦,这不对!"
此时,在叶子间,松鼠们吱吱叫着,
如她的松鼠以前那样吱吱叫;

可怜的东西,可怜的东西……
它们吃她手中的东西,
迅速地,仿佛在说:
"但你不会伤害我,你会吗? 你会吗?"

它们没有什么可失去,除了生命。
她细看着
老鼠样的脸
那细缝的眼睛,小爪子那吮吸的幼钩:
有一条安哥拉猫尾巴和
鼠爪的老鼠。有一条安哥拉猫尾巴和
鼠爪的死老鼠。

有某种深在的东西
在她的意志下,违背她的意志,
一直对她低语:"就是这样的";
而她低语,近乎睡着了。
"不公正——不,不是这样。
如果它受驯教……"
她看到六只松鼠排成一排,
以迟缓的、低低的、嘶响的暖气片
蒸汽阀的声音齐声沉思:

"为何是汝,罗密欧?"

大松鼠说:"不。

不,不是这样。

再来一次。"

它们丝束状的睫毛

颤抖着,而它们斜瞥着她——

然后吱叫着,轻柔地,在它们狡猾的、

无言的、害怕的、恶意的痛苦中……

再来了一次。

一个梦,一个梦。

她低语:"我醒着。

不,我没在做梦,我醒着。"

没有月光了。

在外边那里,有黑暗和光明,

夜晚的寒冷。

世界不再被

她亮灯的房间的灯火,被白昼

太阳的光线隐藏。

在外边那里,没有东西在动,除了一阵

微弱的、恼怒的、紧张的颤抖;

没有什么声响,除了一声

微弱的、恼怒的、嘶哑的叹息。

它们全在那儿。

在最后的树枝

之上,狂野静寂的天空中,

在最后的根的深处,狂野静寂的天空中,

还有另一个星系,它有

千百万颗星星,

有千百万年那么远;

而那是

千百万个星系其中的一个

——像我们自己星系的某个星系。

它善良,还是邪恶?

那女孩重重地长叹一声——

在常青树木枝杈的针尖的

细胞中,树液是冰。

不管女孩往哪儿凝视——闲荡于

深渊家园上方,在

深渊家园下坚持——

都有某种东西,某种东西:宇宙是一面

镜子,背面黑色,

她的脸在镜外,

回闪于亿万个太阳之中。

它们全在那儿。

外面的田野

雪地上没有一只脚印,

而每根树枝,都因几乎大于

其能承受的重负而弯腰。

世界的呼吸是天使头发旋拉成的

蜘蛛网,玻璃

旋拉成的蜘蛛网,一个个生命,

进入了树林那赚得的、魔法的金属箔。

一把雪花

从树枝撒落到灌木丛中;

一颗星星

在冷冻的云杉顶端徘徊。

它消失了。

(在牧羊人身边,汉塞尔

与格蕾特①手拉手站在一起

---

① 《格林童话》中的《汉塞尔与格蕾特》的两个主人公。

闪烁着,在一颗闪烁的星星下,

像罗得自己的妻子①:

灌木丛,灌木丛。)

当猫头鹰啸叫无物应答。

在猫头鹰肺中,一声呼吸通过羽状裂缝

拉紧,是一把刀子的刃……

女孩缓慢气息的薄雾,

她的棉花糖、糖棉花的薄雾,

浮起,使模糊的墙壁

印上的星星变暗:白如

天使翅膀的软毛;白如

弗里德里希·恩格斯的胡子……

田野中,没有一个天使。

所有这些田野

无一物知道

几乎是圣诞节了。

    凝视着,凝视着

雪地里死去的灰松鼠,

———

 ① 据《旧约全书·创世纪 19:26》,罗得的妻子违背神的吩咐,在回头时被变成盐柱。

她和弟弟从雪中漂浮起来——
他们眼泪最后的碎滴
被鸟儿们所捕获,鸟儿们正落下
把它们的叶子撒在雪上,
雪覆盖着,已覆盖了
雪下面的土丘……
树叶是雪,鸟是雪,
坟墓的树叶中男孩和女孩
是雪鸟的翅膀。
但在她的头脑中她的翅膀和
从他们肩膀(雪的星辰)流出的道路交融:
终于,他们伸展着缀满星辰的大翅膀,
而她的弟弟唱道:"我将死去。"

"不:不是这样的,不——
不完全是。"
她想;但她说:"你将死去。"
他说:"我不明白。"

她哭着说:"我不明白,我不明白,我不明白!"

他们在飞行。

他们俯瞰大地。

没有一点碎滴。

他们翅膀上星辰的光芒

撞击着树林的大树枝,而影子们

被抓住,消失于黑夜,风的

第一声细微的低语:

回家吧,回家吧,风低语;

有星辰的影子,一只运作的

手在那……

积雪的墓石有文字。

她低语:"我活着的时候,

我一直读它们。

我一直读它们。"

而他低语,叹息:

"我活着的时候……"

而,嚅动她启开的、轻舔的、有裂痕的唇,

从雪白树枝消失的树叶,她读懂了:

怀着希望而终结

是一件更好的事——

    一件好得多、好得多的事——

是一件好得多、好得多的事……

她感觉到,她手里,她弟弟的手。
她哭着。

梦行

病孩子

当我还在床上时邮递员来了。
"邮递员,今天你有什么给我?"
我对他说。(但我真的在床上。)
然后他说——我该让他说什么呢?

"这封信说您是总统了,是
——这个词在这儿;是一个共和国的。"
告诉他们我不能马上答应。
"这是您的职责。"不,我宁愿生病。

然后他告诉我有些信件说到
我能想到的、我因为它们想说的一切。
我说:"嗯,很感谢你。再见。"

他有点羞愧,转身走了。

如果我能想起的,就不是我想要的。
我想要……我想要一艘船,来自邻近某颗星,
在院中降落,而有生命走出来
面对我心语:"这就是你所在之处!

来吧。"除了他们不会这样之外,
我想到他们……但在某处一定有
与众不同的某种东西。
所有我从没想过的——想起我!

黑天鹅

当天鹅把我的姐姐变成一只天鹅,
　　我晚上要去湖边,从挤牛奶的地方:
太阳会像天鹅一样,从芦苇丛中往外望,
　　一只天鹅的红喙;而喙会张开,
里面有黑暗,有许多星星,还有月亮。

在外边湖中,一个女孩会发出笑声。
　　"姐姐,这是你的粥,姐姐",
我会呼喊;而芦苇丛低声又絮语:
　　"去睡吧,去睡吧,小天鹅。"
我的腿全硬了,长出了蹼,而我的翅膀

丝绸般的羽毛,像星星一样,沉入
　　荡进芦苇丛又荡出的涟漪:
透过水的叠音和嘶嘶声,我听到了
　　有人叫"妹妹……妹妹",在远处的岸边,
而当我张开喙回答的时候,

我听到我沙哑的笑声跑到了岸上

  而看到——终于看到,从湖那绿色的

低丘游出,白色石头的天鹅们:

  那白色的,有名字的天鹅们……"这都是一个梦。"

我低语着,从草褥的软毛听见

湖床的叠音和嘶嘶声。

  "睡吧,小妹妹",天鹅们都唱着歌,

在湖床的月亮、星星和青蛙那里。

  但我的天鹅姐姐叫着:"睡了吧,小妹妹。"

整晚都用黑色的翅膀,抚摸我的翅膀。

软百叶窗

这是人醒来的世界的
第一天:窗帘的条纹
和它们的音调符号,一枚叶子,
阴郁地流入两种温暖;
一种颤抖,变成了他的脸。
他从阳光漂入
一个阴凉之处:
有一种啁啾声,一些翅膀模糊——
但事物的边缘在哪里?
世界开始于哪里?
      他的许多梦
变成了这一天,这个梦;
他想:"但我在哪里?"
一个声音耐心地叫道:
"想一想。"
他想:"但我在哪里?"
他硕大的肢体蜷曲着

穿过阳光,在空间各处。
那是什么,想一想?
他认为自己
年轻于任何现有之物。
他认为他就是世界。

但是他的灵魂和他的身体
呼叫,如鸟鸣,它们的一个词——
而他想起。

他永远迷失在自己之中。
而他用阳光造出的天使
嘲弄又温柔地说:
"可怜的无国之人,汝是世界?"
他的灵魂和他的身体
说:"汝对我们——汝的仆人们做了什么?
我们生病了,我们迟钝了,我们衰老了。"
"这人是谁? 我们不认识他。"世界说。

他们说着话,就像他会让他们说话那样;
而还有谁在那里说话?

阳光的条纹投在他的脸上。

然而有什么东西叫着,正如它已叫着:
"但我在哪里?但我在哪里?"

一种被子图案①

这男孩被草草勾出的
生命之树是灰色的,
在凌乱的被子上:漫长的白昼
终于消逝,在许多传奇之后。
好我,坏我,它②
陷于黑暗,而那个
女人——好母亲——哼着歌的凝视
飘走了:男孩堕下
穿过黑暗,太空联盟
进入所有故事中最古老的故事。

森林里所有坟墓
打开,一个女人——

---

① 贾雷尔在给伯内塔·奎因修女的信中说,这是他最为精细地体现弗洛伊德思想的诗;而这一点后来也得到专业精神分析家的肯定。本诗参引了《格林童话》中的《汉塞尔和格蕾特》的某些情节和意象。
② 原文"the Other",在本诗中,这是一个身份不明的对象。

死去的母亲——剥落的脸

在一个院子的蒸汽中是方形的,

在那里,笼子整夜保暖,为了兔子们,

所有毛茸茸的、受伤

却从没哭过的小东西——

那被剥皮的、但根本从不会死去的东西。

好我,坏我

擦干了眼泪,穿过鸡笼铁丝网的

网眼,耐心地收集

黑莓,他们在梦树林这里

以之为食的有毛的小东西。

这里,家中小径,一千块石子

在它们的细绳那里闪耀

就像刚刷过的、刚掉落的牙。

森林里所有的鸟

皆蹲着孵蛋,口中塞满面包屑。

但很远、很远的地方,皎洁的月亮在家中,

在石头烟囱那边闪耀,

他的白猫吃掉了他的白鸽。

但这房子哼着曲调:"我们是家。"好我,坏我

裹着兔皮衣坐着

而寻找某种可以友好相待的

小生物,因为在那时它将会帮助他——

没什么可帮的;好我

坐着,猛拽他耳朵的兔毛,

而自语:"我妈妈

正在浴缸给坏我涂油——"

      蒸汽上升,

一块毛巾在他嘴里像拖把搅动。

他凝视着整座

房子的嘴巴:在里面等待的是——

不,什么也没有。

他在窗户那里折了

一根手指而把它举向他的——

"谁在啃咬我?"这房子说。

梦说:"风,

天堂来的风";

男孩说:"是一只老鼠。"

他吮着手指;而面包房子

用缓慢的歌调呼唤他:

"吃吧,吃吧! 你现在胖了?

伸出你的手指。"

那个男孩伸出了那根手指的骨。

它移动着,但房子说:"不,你不知道。

再吃多一会。"

房子的味道

是他的……的味道——

"我不知道,"

那男孩想,"不,我不知道!"

他的整个梦随烤箱的蒸汽而鼓胀

直到它低语:"现在你吃饱了,老鼠——

看,我暖了烤箱,揉了面团:

悄悄进去——啊,啊,它很暖和!——

快,我们现在可以把面包塞进去。"房子说。

他低语:"我不知道

我该怎么做。"

"鹅,鹅,"房子叫道,

"它够大了——先看看!

看到吗,如果我弯一下,这样——"

他移动……现在他静寂无声,屏住他的呼吸。

如果有什么自己在烤箱那里边

尖叫着死去,不是老鼠,

也不是老鼠的任何东西。坏我,好我
凝视对方的眼睛,胆怯地
彼此微笑:是它。

但他们醒着,醒着;最后一段楼梯嘎吱响——
在门的另一边那里
房子嘎吱响:"我的小老鼠怎么样了? 醒着吗?"
是她。
他自语:"我永远不会醒来。"
他自语,屏息:
"走开。走开。走开。"

而脚步声消失了。

海岛

"当太阳和大海——还有我,还有我——
穿过夏天翘曲在我们的晶石上,
我在鱼鳍、海鸥旁边猜想,
而欧洲像帆一样退隐
一种冷漠如星星的生活。

"我的眼睑摩擦着,直到闭合,
我的手掌正松开而渐渐安息,
当——随着它的波浪,那鲸鱼般的
隆起漂移,退去,它含盐的海滩裂开——
海岛吐出它茫然的叹息。

"岁月在我的小屋刻痕,我的腮须飒飒响
穿过夏日无知的凝视:蓝色的白昼
忽闪于给我镶上边缘的
虚无上方,未被猜想的深渊
碎裂于我的海滩,而它的浪花

"结霜或含盐,浮现卷曲的微笑。
沙滩上无印痕的沙石……
我和你,欧洲,躺在一张雪网:
而我所有的巨人——他们的鼻肥成拉普人①的鼻
倚着我窗台的小号角——啜泣着;

"野鼠,小鬼,穿雪鞋走路的兔子
——被蒸汽船的烟加冕,和星辰一起体毛蓬乱——
对我的白人情妇低语:他是玛尔斯②;
直到我笑了,叫道:朋友们!国民们!顾客们!③
而她的脸是女人的脸,他们的脸是男人的脸。

"我在我粗糙大床梦见的这一切……
或我这样梦着。拂晓直率的微笑

---

① 拉普人(Lapp),自称"萨米人"(Sami,语言是萨米语),生活于挪威和瑞典的大部分地区、芬兰北部地区以及俄罗斯的摩尔曼斯克省,是北欧拉普兰地区的原住民,也是欧洲目前仅存的游牧民族。
② 古希腊神话中的战神。
③ 据苏珊娜·弗格森分析:这明显是对莎士比亚的戏剧《尤里乌斯·凯撒》中马克·安东尼台词的戏仿。【见 Suzanne Ferguson, The Poetry of Randall Jarrell (Louisiana: Louisiana State University Press, 1971), p.126.】在该剧中马克·安东尼台词原句为:"朋友们,罗马人,同胞们,把你们的耳朵借给我;/我是来埋葬凯撒的,不是来赞美他的。"

穿过我的睫毛捱起,伐下了童话的树林;
太阳剥去我的星辰最后的积云,
而大海雕刻天鹅的所有沼泽。

"就这样,就这样。岁月滴答如螃蟹爬过
或一小时,像大海,缓缓移近天堂。
有一天,我的黑手旁边,我的胡须
闪耀白银:我惊讶地端详
并夹紧瘦弱的小牛犊,被许多伤疤和

"我僵硬的手指吸引,直到鹦鹉用我
忧郁的颤抖音喊叫:可怜的鲁滨逊!
我的羊群咩咩走近,舔着我带盐的脸颊;
我抽泣着,用一种爱抚弄我的
这些快乐——这些亲密的、半人的爱物

"已安慰了我空茫的人生……
我梦见过人类,而我已年迈。
没有欧洲。"这个人,山羊们,鹦鹉在他们的
小树林等待死亡;而在那里,他们的食物
在最后的雷鸣般的浪花中,大海,大海!

在病房:圣林

这些树从世界的黑暗中升起。

小树林,纸果园,

呆立着,土地的一声叹息,

在我躺了这么久的

生命之床旁边的桌子上:直到最终我为它们

找到一个上帝,而忘了谁

将它们从纸板剪下,拂拭每一节

焦燥黑枝上的鸟。

但鸟儿们沉思,寂静无声。

雷声对它们咕哝①,从无雨的花园旁

我膝盖做成的小山。如果

小果园因扇子而颤抖而最终产生

它微微轻拍之歌,那歌

在我着魔漂浮的白色

洪水上方荡向我——我将掉下?

------

① 这让人联想起艾略特《荒原》第五部分("雷声说了什么")一开始提到的耶稣在客西马尼园中的一段话。

一只蝙蝠从粗糙的枝干

向我猛冲,并用它卷纸的叶翼跃过

我的战栗:大水消失了?

观看我的裸体的护士被咒骂①?

床单像荒野一样伸展,

我的手指们漫游,诸多患病的部落,

朝一根火柴的闪光,一场雨或火的灌木丛——

魔鬼跋涉,穿越那儿,如一块块煤,

带着他所有货物;而我茫然观望,

没被诱惑。

死亡无力抓着我安稳呆于

其中的这生命外壳,罪恶绝望于

我枯燥的事业;而我能容忍……

全体天使们的三分之一,在

上帝对抗那天使的战争中,没有介入,

对上帝的意志而言,他们既非敌人

亦非跟从者,而犹疑不定:

     此时犹疑不定。

---

① 这里暗示诺亚对看到他裸体的哈姆(Ham)的咒骂,也暗指月神狄安娜对偷看她沐浴的猎人阿克托翁(Actaeon)的愤怒。

在这里我的生命不会被交易。

小羊羔在育婴堂打盹,但不会死。

光晕被捆扎在俯视我的喉咙

并思索的医生头上,

"那么,死去;我不会死"——

这是不是上了油的克鲁兹①的闪光

在那受膏者的头发上?

他从无叶的树中,迟钝地注视

埃洛姆②凝定的眼睛。

我已让天父对一个肉身,

对人子冷漠呼叫:

"成了。"③而在被单下面,

我的肢体裹在睡眠中,阴凉

从橄榄树那边的洞穴流出,倒在

花园中,那里没有信使走近

做手势,"离开吧"——来耳语,"他走了。"

---

① 克鲁兹(Cruze),雪佛兰汽车公司生产的一款轿车。

② 希伯来圣经中的用语:上帝,神。

③ 语见《新约全书·约翰福音 19:30》:"耶稣尝(原文作受)了那醋,就说,成了。便低下头,将灵魂交付神了。"(和合本)此处也可译为"一切已结束"。

这些树从造我的世界升向我,
我对一寸寸延伸、没有
一个上帝的果园呼唤:
"现在,我毁掉了你;但我必死。"

广阔的景象

东方快车

一个人从火车上看,
几乎像孩子一样看。阳光中,
我所看到的,在我看来似乎是清晰的,
我感到安全;但到了傍晚,
当大地变暗,一种探究着的
不安全性笼罩在一切事物之上。

有一次,在一天的雨过后,
我躺着,渴望寒冷;而过了一会儿后
我又很冷,蜷着身子颤抖于
五颜六色的被子下面,灰郁于
冬天白昼迟钝的结束。
在我身外,那里有椅子和桌子的

一些形状,来自一种识字读本;
窗户外面
有世界的许多椅子和桌子……
我明白这世界——
它在我看来,似乎是它背后
陌生的一切的
简单的灰色面具——存在的一切的面具——
是一切。

但这超乎想象。
他认为,"在万物背后
是一种不勉强的快乐,一种不情愿的
悲伤(一种情愿的悲伤,一种勉强的快乐)
持续地运动";他从火车上看
而有某种东西,同一种东西
在万物背后:所有这些小村庄,
一个路过的女人,一个田野的谷物,
那个和他妻子告别的男人——
一条穿过生命树林的小径,和经过的
那列火车,终究是不能改变的,
而今永远不会停止,像一颗心——

这就像其他任何艺术作品。
存在着,而永远不会被改变。
在万物背后,一直有
不知道不需要的生活。

在萨尔茨堡的游戏①

一个衣衫褴褛的小女孩,我们的球童;
一个伙伴——非洲外军团——
穿着卡其布短裤,P.W.字迹模糊。
(他说:"成为战俘
在科罗拉多州,是一种特权。")
弗朗茨·约瑟夫公园的常青树,
优惠票,旋转木马和D.P.营地;
一条灰绿的河,一片暗常绿色的小山。
最后,远在天边的是
雪山。

乌云密布,四周暗黑,
雨落下。

---

① 据美国诗人、批评家罗森塔尔(M. L. Rosenthal,1917—1996)推测,这首诗的语调和节奏影响了作者的好友、写作《生活研究》时的洛威尔。【见 M. L. Rosenthal, Randall Jarrell(Minnesota: University of Minnesota Press, 1972), p.36—37.】

阳台上罗曼娜,
一个三岁女孩,坐着
舔一支木勺上的雪糕;
我已过境。
她对我说,轻柔地:我,在这里①。
我回答:你在这里啊②。

我披着雨衣骑车回家,穿过
街道雨篷和雨辫,
洗澡,穿衣,走下四层楼梯,经过
玛丽亚·特蕾莎的雪橇
到去花园的小路,沿着湖边而行
而犹在梦境,踢起
菩提树的黄叶;鸽子
在园丁房的牵牛花中咕咕叫,
一只蜻蜓从湖中飞来。
小仙女们用黑人们
苔藓暗长的麻子脸俯视;
沼泽中那匹石马已沉到它的肩膀。

---

① 原文为德语"Hier bin i'"。
② 原文为德语"Da bist du"。

但太阳出来了,而天空
一瞬间,变成雨水洗过的
初蓝:我的目光
越过掉落的叶子,越过那些雕像
折断的、环绕的手臂
落在枯草的生物上,
落在像露珠被太阳饮干的水滴上。

在极痛中,在期待的接受中
世界低语着:"我,在这里①。"

---

① 原文为德语"Hier bin i'"。

奥地利的一个英式花园

(观《玫瑰骑士》①后之所见)

如你所想象的:一个英式花园……

我的上帝②!——如这里所有的小女孩说——

看到这里的小径,第一条小径的第一个脚步

由我们自己伟大的父母们踏出!今天,太阳王③闪耀在

他情妇的修女们的孤儿们的《阿达莉》④

---

① 由诗人霍夫曼斯塔尔撰写文学脚本,作曲家理查德·斯特劳斯创作的歌剧,于1911年1月在德国德累斯顿市首演。该歌剧展现了18世纪奥地利上流社会的风貌,其故事大致为:一位十九岁的单身伯爵奥克塔文与三十二岁的元帅夫人发生外遇,又阴错阳差地担任了夫人表亲欧克斯·封·李赫诺男爵的"玫瑰骑士",代其向一位富家女苏菲提亲,而又爱上了后者。
② 原文为德语"Mein Gott"。
③ 原文为法语"le Roi Soleil",暗指法王路易十四。
④ 《阿达莉》(*Athalie*),让·拉辛1691年的戏剧,在这部剧中,阿达莉是犹太王的遗孀,在她统治期间,她相信她已消灭了所有王族,并放弃了犹太宗教以崇拜太阳神。《阿达莉》被伏尔泰等作家称为拉辛的天才作品。

之上;

　　圣西门,莱布尼兹,还有一些流浪的星星
一起为欢乐而细语……而夜晚
一片废墟,一种前景,一棵枯萎的树
因它们的进展皱眉,明日它们在何处?

　　在这样的小径上,一个"乡村情郎
〔或粗鲁之人①;有人起疑,因这种管弦乐编曲〕
他三十五岁"停下来听一个
戴着一顶大皮帽的人吟诵,饱含感情——
然后礼貌地咆哮:"梅塔斯塔西奥②?"
他们低声说:"安静! 这是 J. J. 卢梭③。"

---

① 这里包含贾雷尔的词语游戏:"beau(花花公子、情郎、向女人献殷勤的男人)"和"bear(粗鲁之人)"仅有一个字母的差别。

② 指皮埃特罗·梅塔斯塔西奥(Pietro Metastasio),是意大利诗人、歌剧作家皮埃特罗·安东尼奥·多梅尼科·特拉帕西(Pietro Antonio Domenico Trapassi, 1698—1782)的笔名。英国作曲家及作家查尔斯·伯尼(Charles Burney, 1726—1814)写过关于皮埃特罗·梅塔斯塔西奥的三卷本传记《阿巴特·梅塔斯塔西奥的生活和写作传记》。

③ 指让—雅克·卢梭(1712—1778),法国启蒙时代思想家、哲学家、政治理论家和作曲家。

而把他带进一支兰德勒舞曲①拍子。

被扶助着走向大马车,男爵退出,一边

嘟囔着"我们所有李赫诺②的运气"。

……不是你唱的这样,法里内利!

借助更严肃的舞台,升至一种更坚定的方式,

你赢得了枝状大烛台照亮的那些场域,

停在那儿;如后来没人唱过那样(当今一种

明显的堕落)唱——阿卡迪亚③

不可能的纯净空气;而那些平静的

戴马鬃毛假发的牧羊人,那阿卡迪亚学院的
诸神,

饮泣,无法抑制的泪水。

音乐有此力量;而傍晚一天一次

反复的咒语,打开年老而发疯的菲利普

---

① 兰德勒舞(Landler),一种流行于奥地利和德国等地的民间舞蹈。
② 指欧克斯·封·李赫诺男爵,《玫瑰夫人》中元帅夫人的表亲。
③ 古希腊一地名,位于伯罗奔尼撒半岛,传说中的世外桃源。法国画家尼古拉斯·普桑(1594—1665)画过这题材,在其作品《阿卡迪亚的牧人》中,几个牧羊人看着一块石碑,碑文写着死神的话:我也在阿卡迪亚。

那呆滞的心:他所有的侍臣都饮泣了,

而国王饮泣,问:"我为什么饮泣?"①

而法里内利继续唱着:费迪南德

埋葬了他的父亲,统治——

      而听到,暂息,又听到:

岁月流逝,人枯萎,法里内利唱着。

而今你们沉默:你,福斯蒂娜·哈斯②,

她的丈夫约翰·阿道夫③,阿巴特·

梅塔斯塔齐奥④……相当沉默。

他们漂浮而过;似乎在低语,对着

牧羊人在远离魏玛的地方过冬的燕麦粥⑤:

"我们也已居于阿卡迪亚。"

     ——死神也在那儿。

---

① 贾雷尔在1949年10月给伊丽莎白·艾斯勒的信中谈到法里内利的歌唱:"他的确治好了西班牙国王的一半疯病,十年来每天都给他唱同样的四首歌。"

② 福斯蒂娜·哈斯(Faustina Hasse, 1697—1781),歌唱家、约翰·阿道夫·哈斯的妻子。

③ 即约翰·阿道夫·哈斯(Johann Adolph Hasse, 1699—1783),德国作曲家、歌唱家,在他的时代颇受欢迎。

④ 即皮埃特罗·梅塔斯塔西奥。

⑤ 原文为"oat",又表示"麦笛;牧笛;牧歌,田园诗"。

你的洞穴的阴影环绕着我。

在这些废墟中,我怎能辨认出你的毁灭?

你走向过去寻找这宜人的恐惧。

并在此营造了它,一个可能性的图像:

毁得漂亮,毁灭! ……

      但我来迟了。

在那些岁月,欧洲生活在那确定的、实在太确定的精神的微笑闪电之下,

万能的上帝——

    善良的上帝①曾为一根权杖把那闪电送给那些非利士人②;他坚持了六十年,

用他的亚力山大诗体③驯服野蛮的欧洲,

屈服,前往瑞士,然后凋谢。

一个人与傻瓜们度过一生,在注视中死去。

---

① 原文为法语"le bon Dieu"。

② 《旧约全书》描述到的一个居住巴勒斯坦西南岸、曾与以色列人为敌的非闪族民族。

③ 法语诗中一种常用诗体,最早见于12世纪初的中古史诗《查理曼耶路撒冷朝圣记》,正式得名于同世纪末的骑士传奇《亚历山大传奇》。亚历山大诗体的诗中,诗句每行均是十二个音节(区别于韵律学中的音步)。

但看他在花中,在一个普鲁士花园。

他整个夏天都在散步,打呵欠,在近卫步兵道路的树荫下;而一个伟大人物①戴着一顶系扎的假发和这只猴子散步,让他的诗句押韵,

又——怀疑地斜睨——说到

《铁手戈茨·封·贝利欣根》②。

腓特烈说:"手在这儿,但手套在哪?"

反正大意如此;而次年监禁了他,

因后者在一头负重骆驼的一袋谷物中

带走了他的(法老的)长笛。③

---

① 指下文出现其名的腓特烈二世。腓特烈二世(Friedrich II von Preußen,der Große,1712—1786):普鲁士国王(1740—1786年在位),军事家、政治家、作家及作曲家,史称"腓特烈大帝"。他统治时期普鲁士军力发展,领土扩张,文化艺术得到赞助和支持,"德意志启蒙运动"得以开展。下文的"这只猴子"指伏尔泰,他养过四只猴子,以此代指。

② 歌德的戏剧作品。戈特弗里德"戈茨"·冯·贝利欣根(Gottfried "Götz" von Berlichingen,1480—1562),又被称为"铁手"戈茨,是16世纪著名的德意志贵族、帝国骑士、佣兵以及诗人。他因手臂受伤而装上铁手。

③ 这里应当与以下事迹相关:伏尔泰逃离普鲁士时,拿走了腓特烈二世所写的一首不想公之于世的艳诗《帕拉斯女神像》而被追踪并短暂监禁。法老的长笛:由于埃及法老陵墓下有长长的隧道,希腊人觉得很像牧童的长笛,就把这种陵墓叫做"笛穴"。贾雷尔可能由此引出寓意。

反正大意如此……然后全世界

转入另一个齿轮:阿尔玛维瓦伯爵①和他的贴身男仆

握手,叫道公民们②!他们被一个悲伤的

丹东③装入棺材;协助着④,阿纳卡西斯·克路兹⑤——

伴着他们的制作者的共济会葬礼音乐。⑥

而人们可能会到,在鼓手们中主持着,

一个叫雷森⑦(娘家姓狄德罗)的女演员,

---

① 歌剧《塞维利亚的理发师》和《费加罗的婚礼》的人物。在《费加罗的婚礼》中费加罗在阿尔玛维瓦伯爵家中做男仆,并与他美丽的女仆苏珊娜相爱。

② 原文为法语"Citoyen"。

③ 丹东(Georges-Jacques Danton,1759—1794),法国大革命领袖,雅各宾派的主要领导人之一。

④ 原文为"assisting",另有"出席"之意。

⑤ 阿纳卡西斯·克路兹(Anacharsis Cloots,即 Jean-Baptiste du Val-de-Grâce, Baron de Cloots, 1755—1794),普鲁士贵族,法国大革命中的重要人物。他被选为全国代表大会成员,投票赞成对国王路易十六处以死刑,并以人类的名义为此辩护。但后来他也被判有罪,随后于1794年3月24日被送上断头台。

⑥ 贾雷尔在1949年10月给伊丽莎白·艾斯勒的信中说:"……莫扎特,他写过共济会葬礼音乐。"

⑦ 原文为首字母大写的"Raison",意即"理智""理性"。

其间,苏珊娜①和伯爵夫人

为尚未出现在这场的某人叹息;他们的泪人

退去,如命运被涂脂抹粉:卢梭

入场如该隐②,在一匹坐骑上……这位下士③

并不把指挥棒,而把《维特》④放在他的行囊。

他读了七遍,没发现错误,除了

维特之错:他太有野心。

这士兵打着盹——这些嘈杂的马穆鲁克⑤

令他昏昏欲睡,黑暗笼罩着整个东方,

而在他睡着之时,在他富于感情的肩膀上方,

世界史⑥俯瞰他的悲伤。

(他醒了,困倦地微笑,并扭拧它的车。)

在耶拿,他表示他的谢意,说:"这里有个人!"

---

① 《费加罗的婚礼》中阿玛维瓦伯爵家中的美丽女仆,为好色的伯爵所垂涎。

② 该隐,《圣经》中亚当的长子,杀其弟亚伯。

③ 指拿破仑·波拿巴(Napoléon Bonaparte, 1769—1821)。

④ 歌德的小说,其广为人知的中译名为《少年维特的烦恼》。

⑤ 马穆鲁克职业军团最初从奴隶中征兵,从十字军东征时代以来,他们骑术娴熟,作战勇敢,让敌方闻风丧胆,而随着火枪的发明使用,渐渐溃败,最后在拿破仑战争后销声匿迹。

⑥ 原文为德语"Die Weltgeschichte"。

(其他人是什么?……

　　　　　死人。他已杀死他们每一个。)

一个粗俗的恶魔,但属于我们自己:他还为我们准备

"配得上野蛮的加拿大人的戏剧"——

从地板往上,翱翔起邪恶的

该毁灭的一切,

而演员、作家、观众鼓着掌死去。

然后他低语,眨眼:"政治就是命运!"①

而某个市侩②,某个透明水彩画家,

某个来自乔治亚神学院的扫兴者③

应和他——声音,越来越高:"必定是!"④

----

①　贾雷尔在1949年10月给伊丽莎白·艾斯勒的信中说:"当然,在耶拿,他(指拿破仑,译者按)对歌德说'这里有个人',并告诉他'政治就是命运'。"

②　原文为德语"Spiessbürger",其字面意思是"拿着矛的市民"。据贾雷尔为本书所写的引言,这里指曾为水彩画家的希特勒。

③　原文为德语"Spielverderber"。据贾雷尔为本书所写的引言,这里指斯大林,他曾为乔治亚神学院学生。"扫兴者"一词来自《玫瑰骑士》中李赫诺的台词"李赫诺从来不是扫兴者"。

④　原文为德语"Es muss sein!"此处暗示贝多芬的《F大调弦乐四重奏第16号》相应段落("*Es muss sein!*")的节奏及主题。

"别人理解世界;我们改变它。"

"真理是有效的东西。""我看到了未来,它运作着。"

李赫诺从来不是扫兴者,
一个幽灵歌唱;跟着幽灵们惊讶地唱着:
一切都结束了!……一切都结束了!……①

然后是沉默;一声柔和的叹息漂浮。
那一天,今天或明天到来。②
我们该如何忍受它?
      平静地,平静地。

星辰落在西方;一种可怕的幽灵空气
烦扰着尘世的死亡之城。

……如你所想象的:一个英式花园。

---

① 原文为德语"Ist halt vorbei! ... Ist halt vorbei!..."
② 原文为德语"Heut' oder morgen kommt der Tag."这一句在《玫瑰骑士》中由不同人物说出,有不同的含义。

一个灵魂

夜晚时分。一只蝙蝠
孑然独舞,在燕子飞掠之处。
睡莲为香蒲
所遮,香蒲被柳树掩蔽。

月亮下沉;一会儿后
芦苇在岸边叹息。
然后静默。有一声私语:
"汝再次在此。"

城堡里有人在歌唱。
"汝温暖干燥如太阳。"
你私语,又欢笑。
"是的,这儿有一只,

"这儿有另一只……腿……
而它们这么行走?"
我轻抚你胸上的鳞片,回答:

"是的,如你所知。"

但你喃喃着:"多少年
汝徘徊于上方彼处!
多少次我想汝已永远
消逝,我可怜的爱。

"多少年,多少年
汝在空气,薄气中徘徊!
我可怜的灵魂,多少次
我想汝已永远消逝。"

爱尔兰主题狂想曲

曾祖母,早晨六点你在我的舷窗
划了一下,用土豆眼
凝视我的眼睛,且伸手给我——只一美元——
一块小人们亲手
制作的手帕;一张并非来自尘世印刷机的湿海报,
被教皇伯爵①在一座客栈
      渐弱的炉火上方梦见。
看:一件亚麻头巾,用他们心的绿色,
用他们自己的手,精织巧绣:
一件老爱尔兰纪念品。

然后你变成了在科布港交互
隆起的绿巢中孵卵的鸥鸟们
最大的一只。

---

① 教皇伯爵,由作为世俗君主的教皇授予的一种贵族头衔。

一切都很翠绿,一切都很细小,一切都——

都不;坐船去爱尔兰的

修女们登岸,汇入从爱尔兰坐船来的

黑衣修女:一个稳定的国度,

但是黑色的。而在无树的山坡上

那块血红色补丁,在无顶的塔旁边,

的确是一个红衣主教?这位手提箱藏着

克伦威尔①的剑的女士

在其寂寞晚餐中大吃牛排,她的叹息

像一个帝国的衰落?而天空是

胖神父有沿贝雷帽之蓝,

他的新手风琴的花纹和扣环之蓝

(手风琴整晚自动演奏,像

一位英雄的剑,一曲会彻底撕开

你的心的《圣母颂》)。

柔和的、狡猾的、持续的言辞

织入月光甲板上

每晚跳舞的脚的气味;

---

① 指奥利弗·克伦威尔(Oliver Cromwell,1599—1658),英国政治家、军事家、宗教领袖。17世纪英国资产阶级革命中,他作为首领推翻了查理一世的统治,并最终处决了国王。1649年他远征爱尔兰时的佩剑现今仍存于世。

那微笑,几乎是

愉快观望的修女们的微笑——

一个女学生课间休息时的愉快,不会困扰谁。

但——蓝色的眼睛、灰色的神情——

我被你们困扰了。

     睡梦中相遇的老妇人,

隐去她的皱纹,像女神微笑——

隐去她的微笑,轻声对我说:

"孙儿,你不能休息,直至到达那片土地,

在那里,走在路上,你肩上扛着一台加法机①,

你没遇上懂得它的人。"

     好吧,我没什么

可反对你,但你是什么。人们几乎能承受

真实,在那种轻柔无耻的、一切

都是玩笑的言辞中——从你的崇高

到你的荒谬是错误的一步——

但人,生来就停在阶梯的那一步

---

① 利用齿轮传动原理,通过手工操作实现加减运算的机器。法国数学家、物理学家、思想家帕斯卡(Blaise Pascal)于17世纪制造出一种机械式加法机,它也是世界上第一台机械式计算机。

而不喜欢被显示那儿什么也没有。
但我相信你:这人世的
配器法,都是最顶端或最底下,
其余的就是——

    你说的任何东西。
争论得更久并不爱尔兰,
我是反常的孙子!

    ——曾孙子。

老母猪,老赛丝①,我不是你的猪崽。
但,啊,要被吃掉!② 在我身边嘎嘎叫着的是

----

① 赛丝(Circe),也译为"喀耳刻",《奥德赛》中的美丽仙女,精通巫术,曾把奥德修斯的同伴变成猪。
② 据学者海伦·哈根布彻(Helen Hagenbüchle)分析,贾雷尔在此暗指诗人罗伯特·格雷夫斯《白色女神》一书提到的爱尔兰神话中的魔法和灵感女神瑟里温。贾雷尔在评论格雷夫斯时,引用后者的文字:"一个女人应该'要么是一个沉默的缪斯','要么应该是一个完全意义上的缪斯;她应该依次是阿里安诺德、布罗登韦德和吃了自己的猪崽的老母猪梅纳·佩纳尔德(指瑟里温,中译者按)。'因为对诗人而言,'除了瑟里温没有别的女人,而他渴望一件超于世间一切的东西:她的爱。作为布罗登韦德,她很高兴给他她的爱,但只有一个代价:他的生命。'"(见 Helen Hagenbüchle, "Blood for the Muse: A Study of the Poetic Process of Randall Jarrell's Poetry," in *Critical Essays on Randall Jarrell* (Boston: G.K. Hall, 1983), p103.)

都柏林城七山温顺之鹅,

而我的咳嗽正像参议员,有泥炭烟雾的东西——

人生于爱尔兰,就像火星飞扬:①

一个从欧洲边缘掉下来的梦游者,

一个了不起的养鹅女,在税吏和监察官当中。

——她微笑着,谈起某人"他在最不像家之处感到如在家般,他爱上世界,因为

其不是美洲。"——

老女巫!

这是你最后一枚叶子……尽管如此,吹奏它吧;就那样;

我来自无处,我是无人②。但如果我被

任何无人提醒——

爱尔兰,我已目睹你的容颜

拂晓的红色:毛细血管裂开。

---

① 此为对《旧约全书·约伯书5:7》中的句子"然而人生于患难,像火星飞扬"(和合本译为"人生在世必遇患难,如同火星飞腾")的改写。

② 《奥德赛》中,奥德修斯遭遇独眼巨人,自言名为"无人",他用计刺瞎巨人后巨人呼叫"无人刺我",他因而逃脱。

很久以前,太阳下沉。这是西部群岛①。

——然后,我醒来,在爱尔兰海上看到
猎户星座,他的腰带,他本人是猎人,
一个爱尔兰猎人……

也就是说,一匹马。

曾祖母,我已梦见你,直到我声嘶力竭。
这全是个谎言:我收回每一个词。

……如果你的胫部有斑点,
你露齿的笑,唉! 虔诚的——

尽管如此,好一块眉骨!
你,旧石器时代幸存者的伊甸园,
你,布伦人②和博雷比人③的飞地,
抱着你的孩子回家吧,当——厌倦了

---

① 指斯堪的纳维亚半岛地区。
② 旧石器时代晚期的一种人种,通常发现于欧洲最西北部(爱尔兰的大部分地区以及不列颠群岛的部分地区),眉突出,深下巴,男性布伦人粗壮,骨架大。
③ 欧洲古代人种,有方形或长方形的头部,面部特征比北欧人更宽、更粗糙。其名出自丹麦一个出土了旧石器时代大颅骨的考古遗址名字。

学识——

他为人类精神之夜而叹息。

……我说了什么！信仰，我完全在胡言：
你的味道像荷花，你，爱尔兰空气！
掏出耳中的蜡吧，你们，桨手们，
我们六点启航……而这是
我从你——爱尔兰学到的最后的训诫：

     它是什么我已忘记。

呃，要是它消失了会怎样？这儿有一些歌德的诗句——
一个正直的老人，一个爱尔兰情人[①]——
你，爱尔兰的参议员，整顿你那些
民众行为，视其所需：和平时
    让你们的小栏舍
    保持整洁。

---

① 爱克曼辑录的《歌德谈话录》记录了歌德对爱尔兰天主教徒的支持："对于天主教徒，一切预防措施都没有用……假如我是英国国会议员，我不会阻止这种解放运动。"（见《歌德谈话录》之1829年4月3日）。

战争时

与扎营队伍

和睦相处。

哈默尔恩①的格吕克尔的回忆录

对于过去我们都是孩子。

在这里,没有知识是充足的,

即便智者也会对至多纳入

年鉴的陶瓷碎片感到满意,

而两份协约和一个半身像给予

最笨的傻瓜一个假设——

一只蜜蜂会呻吟一整年来核实它。

"历史学家——真糟糕!——来自历史

黑如矿工;他们的舌头随事实而干燥;

啊!他们的脸,还没我的闪亮。"

你倚着大脑的扶手椅判断

或很少回避,又小心翼翼,煞费苦心。

视力的某种触及使人变老,

没有什么像无知那样有助于应用它。

---

① 哈默尔恩(Hameln),德国北部城市。关于哈默尔恩最有名的是"花衣魔笛手"的故事(其在《格林童话》中名为《哈默尔恩的孩子》)。本诗是作者读了18世纪德国犹太人格吕克尔写的回忆录后的感想。

开始探究的头骨,一件在
(他带着电筒游向洞穴)
可怜光线下膨胀如参议员的雕刻品
——不是历史,只是数据,
不听指示的散离事实。
但如果他从中所得甚少,仍然
有人出现,有时,怀疑
那人以前知道的一点点东西。

可怜的格吕克尔,我多半无聊透顶:
这些交易均终结于一种收益或痛苦,
被一个文本解释和无视;
金钱和上帝都太直接,
驾驭每种行为的必需品。
某人结婚,某人有了某人会娶嫁的孩子;
某人丈夫死去;某人哀悼,再婚。
读者读着,读着,而最后,厌倦于
听到每一笔嫁妆数目,
他嘟囔,宁愿焚毁,也不结婚……
然而,当我想到那些进步岁月,
想到牛顿、莱布尼兹、曼德维尔和蒲柏,
他们赋予思想一个特定形体;

我被你含泪的胖鬼魂弄得迷里迷糊。
我听到你在鼠疫中说:"看,看,她在玩耍,
吃了个奶油卷,好得如你所愿……"
人们对如此记忆无能为力。
它们几乎,如我们生命的记忆一样顽固。

有人沿着走廊走;而在某些岁月外面,
有人听到,如果有人细听,一个
活泼的小声响,一个不平静的声音。
它言说,如它往常那样说——无用地说
正如一个声音可以说;而如果有人要进入,
那房间黑暗,而黑暗空洞。
声音中有一种空响,没有你。格吕克尔,
迷失在你的书中的是你;
但我们怎能错过它?我们,从未了解你们。
但我们错过了,莫名的;而,莫名的,我们了解你们。
我们取代你们的位置,正如我们将被取代。
奶油卷,奶油香,孩子在玩耍,
好得如你所愿——好得如你所愿。

致新世界

（献给 1939 年的一个移民）

在你出生的那糟糕年份和城市，
他们用面包换钞票，重量换重量，
而除了雕像，没什么能保持
华尔兹舞者一度绽放的微笑：排外，无知，
古老而舒适的不公正面容。
而如果你哭泣，
身体红润，掉落在孤儿寡母也在
哭泣的一个城市，谁会在乎
又一次哭叫，又多一个孩子？你长大，

时间把语词放进你的嘴里，你把糖放
在你窗台上等候一个弟弟——
鹤很贪婪，吃掉，没带来任何报偿。①

---

① 在西方传说中，鹤可以送来婴儿，这随着 19 世纪安徒生的《鹤》而更为普及。在德国民间传说中，鹤在洞穴或沼泽中发现婴儿，把婴儿放在背上的篮子里或用喙叼举着送到各家。

但是你的生命关心你,把你带回到布拉格,
在学校那里,羞怯,喧闹,你讲着
不习惯的捷克语——
孩子们嘲笑你。因为你在学习
新单词、新生活,旧城市
和它的新国家也在学习
一个古老的愿望:要公正;是的,要自由。

"在我的时代我看到了夏季。"夏季正在结束。
暴风雨从冬树上倾泻,死亡行进
像凌驾欧洲的一种冲动。孩子,
哪个人公正或自由?——但在时间的
手中幸运,温暖,转而信任他的脸庞;
而那张脸变化着。
对人类而言,时间是一个人,而他,对许多人而言,
他想要一种新生活,对其他人而言,他想要死亡。他
买了他的军用风衣,降落,写他的大书;

指这儿,指这儿:对着犹太人,对着邪恶的朋

友们——

    他的话语是一个人生命的时刻……
    此时,士兵们在行军。一天早晨你醒来
    发现维也纳消失了,你父亲说:
    "我们,下一个!"而你是下一个。
    我们,下一个!
    地图和嘴叫道,压迫者和受压迫者,
    绥靖者叫道,当他们给你——但你已离开。
    "我有一种言辞,一座城市。"你叫什么名字?
    "我的名字是我原来的名字。"你没有名字。

    就这样梦对你说话:在苏黎世,在巴黎,
    在伦敦的草坪上。不友好的大海
    对你喊:"陌生人!"太好了,太不好客了,
    岛上那些塔楼张望,看到那个
    望着大雕像的女孩:
    那么青涩,那么快乐……
    这就是你到来的历程。你的脸在
    黑暗的时代愈加苍白,你的话语模糊,一声
    叫喊在那么多叫喊中,消失在

    堕落的、痛苦的声音中,在将死去的人们

之中。

  网为你张开,而你是自由的。
穿过雕像是夏天,而夏天浮现
公正或不公正的微笑:盲目,
舒适,包容。这里有种种生命
和他们的旧世界;
远远地,在你体内,一张终决性的面孔
在指控中,在接受中观察着。是他。
你没有逃离:西行的灵魂
发现欧洲在每一个海洋上等待它。

童话

(德国童话)

听着,听着;从未寂静。
这是森林;许久前生命们
带着武器侧身进入潮汐(斧头是
用居民的皮捆在大树枝的石头);
最终,我们用铁,伐倒我们岛屿的树木。
阳光,如我们所愿,投在它们身上,
而直到日落,我们相信,那个愿景;
而直到日落,我们相信,我们的生命。

鸟儿静寂了;但它冰冷的胸脯
乱蓬蓬搅动,月影朦胧,它
长久的死亡把绒毛抖撒在弄皱的
蕨类植物中;而在远处,某物掉落。
是否冷杉忘记呼吸,是否凋落的叶子
抱拥,一个蓓蕾,至春天;睡眠,陷落,在雪下——
从未寂静。黑暗随血液抖颤;
由于它的猎人的黑眼睛灼闪

绿光,一如他们的森林,梦中的图像

在火光中消逝:短暂地狱里

煤块的颤栗,炭炉

爬藤的骨架在雪中假寐。

汉塞尔,绘制了艰途,把他的骨头抛上

云霄抛向天堂;他的麻雀们吃了东西,而他

跌撞回家,经过泥炭和量具,回到他炭烟熏黑的

洞穴,毛皮覆身的黑暗同族中(他们古老的

神灵们在那里打盹)。魔鬼的胡须如何

缠绕做梦的汉塞尔,直到他的四肢

扭曲伸长,如细长十字架上的苦行者,其由

使团从亚洲划桨带来:替罪羊永恒的尸体

因他血水的念珠、新雪(他温暖的凝视

颇感陌生)上面的红蜡而快乐;

木制的母亲和圣徒的唱诗班,他的星辰;

而上帝和他的男爵们,永远,是身后的烙铁。

贪食的汉塞尔感觉他的血烧起稀薄如空气,

在一个随气体母牛而肿胀的腹部;

多少年代把救世主的树皮煮成汤!

晕眩于空肚,第二个妻子

责骂一个鬼魂的那些大眼睛孩子,

他递送他们,在相关传说中,不是给死亡

(死神教父,收割的信使),也不是

给在幽暗中诏媚、挪动条纹脚蹄

并像雪一样发出嘎吱声的魔鬼——

而是给一个国王:那盲目又无虑的、依据条件

安排命运给人们的威力——

来吧,我的孩子,治愈我并与我的另一半①成婚!

在他身后,刽子手抚弄他那被咬过的木块②。

因而,人们赢得一个王国——有许多国王;

有巨人,术士,任何力量皆不得侵犯的

未埋葬的死者——人们从中

涌出、死于其下的必然性:完整的树林。

中午,母鸡们的金色阳光

和墨黑如印度的地方官,在绿色的土地上,

我们的样式,家常,图利,夸张——

像培根修士③玻璃的水让人着迷。

(我们的农民用一根萝卜愚弄魔鬼,

我们的裁缝用七只苍蝇赢得一个王后;

---

① 指国王的女儿。
② 此处原文为"block"(可作"断头台"解释)。
③ 指英国方济各会修士、哲学家、炼金术士罗杰·培根(Roger Bacon,1214—1294)。

捕鼠动物、小老鼠和一桶肥肉

一起持家——而一只虱子,一只虱子

和一只跳蚤在蛋壳酿造小啤酒。①)

但傍晚时分,那可怜的光,遥远,奇妙——

守财奴和人鱼的太阳,是拄着拐杖游荡于乡间的

士兵们那最后的愚蠢的金子——

把几里格②的影子撒落在一块块土地,

在那里,乌黑角状的灯笼,用眼睛打补丁,③

遮蔽多于照明,生命梦见成群的顽童

和天使,有着自己色调的一切。

在这伟大的尘世万物无所分别

或恰恰相反,我们发现(我们从未离去)。

补锅匠、小贩们带来一点点的盐:

在我们的嘴巴,不休息的大海的磨坊

研磨着,直到它们的疮痍饥渴。

白杨像流沙在下方,有火——

占水者的小树枝不伸入水面,而探向地狱;

---

① 以上几行与《格林童话》中的几个故事相关。
② 里格(league),旧时长度单位,即一个成年人步行一小时走过的距离,1 里格约 3 英里或 4.8 公里。
③ 据苏姗娜·弗格森分析,这可能指月亮。
【Suzanne Ferguson, The Poetry of Randall Jarrell(Louisiana: Louisiana State University Press, 1971), p.106.】

而天父,心神不宁的监工,雨云中
抖动烙印天堂的闪电。
远处,阿尔卑斯山闪耀圆环,雪崩,
而迷路的朝圣者冻死,一个微笑
显露其可怜的牙齿,像圣殿的骷髅变黑——
十字架、方舟和神树的碎片
从一个圣徒固定的颚骨伸出,用一个
买来的幻象扑灭涤罪之火。随着圆圈
圈圈漪荡,石头像孩子祝愿。
虚弱者凝视,求助于无助者——
那些被他们的神(死神)所统驭的野兽,
用他们魔力的谢词埋葬了那孩子,谢词
感恩外于他们可能性的行为:
牺牲者被赦免,始终挥汗的劳作,为了爱——
不是对配偶,对杂物,而是对——任何东西。
始于何时我们助人已有意义? 总有偿报。
当死者的心撕开他们发现那里写着
(他不会写):愿望令其如此。
或他如此愿望。贴花的大盘子,
食物供父母,残羹给孩子,软骨属于
大犬,一只可怜的狗;核桃木喷着酒;
扫帚,为主人烦恼,打扫了一个世界;

长矛,为主人哭泣,杀死了一个孩子;

而要埋藏的金子,来自最深的矿井——

这些不是给智慧也不是给美德,而是给恩典,

上帝的旨意中被铭记的儿子——

这些是愿望。我面对玻璃洞观

他人,别处:死者横陈的

旷野,和死者的统治者,我的孪生兄弟——

这些是希翼?汉塞尔,在永恒海洋之边,

对比目鱼说出他的首个愿望,让我祝愿

且愿我的愿望得以应现;它被应现。

被应现,被应现……可怜的汉塞尔,曾过于无力

而不能庇护你的孩子逃避严寒

或者用最稀清的粥来安静他们的肚子,

你匮乏的并非权力,而是热望。

难道你没有学到——难道我们没学到,不是从

野兽或王国或他们的主的故事,

而是从我们自己的心(死亡之域)的故事——

既非统治亦非消亡?而去改变,改变!

霍亨萨尔茨堡:浪漫主义主题的奇妙变奏

我本该知道;那些在河那边唱歌的人,
那些从树林出来,颤抖着,走向我的人,
是其他的人:当我用一根手指,把一朵酸橙花瓣
揉碎在一根手指上,我明白了
(就像在花的味道下,我尝到了
叶子,那从没开花的肉体的隐秘味道)
所有的树林话语,除了最后一个词:
纯粹的,渴念的,无法满足的——
一个永远持久的词,像
蜂民们在石灰中发出的咆哮。

当他们从灯芯草丛呼喊,我听到你回答:
我是一个大地的居民。

那个老妇,坐在山下小屋
她的纺车旁,把茶端给你,当
薄雾匍匐而上,笼罩着她,许多夜晚,

而你从雾中,缓缓,走向她,

你已整晚,奔跑于雾中海边,

裸体,在沙滩上寻找你的衣衫——

每天晚上,她都会对你说:"你要做的事将会做,

但不是永远……

    你想要的是一个丈夫和孩子们。"

而你会回答:他们会有用,

但不是永远。

    这老女人,

这沉于大地水流的石头处女,

低语:"你也很美丽——

不像我那么美丽,但当我美丽,你是美丽的——"

这些声音,轻柔地对你说:"你只是个孩子。

如果你有愿望,你想成为什么?

孩子,你是美丽的,就像孩子是美丽的。

如果你有愿望,你想是什么模样?"

你回答:

我愿是无形的。

在我醒来时,仍然是黑夜。

我看到,如我一直看到,
一座矗立于石灰上的城堡——
一座从没被攻占的城堡。
我摸了摸皮大衣下摆的口袋,
但老鼠已吃了那条
巧克力,而把金属箔片留给我。
有月光。
在外面通往树林的小径上,一只鹿
站立着,星辰在它的鹿角的树枝间:
一只铁鹿。
此时除了黑夜,什么也没有。
在一瞬间,我感到
我的手,触到一只燕子的翅膀——
你的手张开,穿过我的手。

我向你伸手,但你低语:只是看。
我低语:"我只看到月光。"

我在月光的背面。

你在那里。
我原先想

你只是一个鬼魂,

一个睡在城堡(城堡也入睡)中的鬼魂。

但这些日尔曼鬼魂——无情又笨拙之物——

没有萦绕人,只是

把人变成物,把物变成物。

许多吊灯

布满中国玫瑰,许多天鹅

浮游在它的牧羊人旁边,在水芹中,

许多星星

居于一只铁鹿的鹿角间——

它们一度是游荡于树林里的眠者。

一些人穿过林间空地的坑洼,走向一个鬼魂

而转变:一个鬼魂想要血;

而它会有用——

     但不是永远。

但我将永远和你在这里:

穿过灰尘的荆棘,经过睡眠者伤口,

就像他们可怕持续的呼吸中的虫子,

我将永远躺在你的怀中。

如果你睡,我会睡,如果你醒来,我会醒来,

如果你死,我也会死。

你说:那么我还没死?

你只是在睡……

当我来到你面前,你四肢摊开在那里睡着了,

在所有网的中心,在

世界的极点:你的一滴血,

我会向你俯身,缓缓地——

      你睡着了。

树叶随你的呼吸而呼吸。抖擞过一簇树叶的

空气

最后的、最细微的搅动

絮说你的名字,一遍遍,一遍遍;

但有一天——

多年以后,许多许多年——

我会走向在那里熟睡的你,

我会抱着你并且……

      告诉我。

不,不,我永远不会。

      告诉我。

你不必知道。

    告诉我。

我会吻你的喉咙。

我的喉咙?

好了,这只是一个梦。

我不会这样——我永远不会这样。

我看到,在你俯近我的眼睛的眼睛,

一种纯粹的、渴念的、无法满足的凝视:

你的嘴唇颤抖,一瞬间

凝定在我曾见过的最轻微的

微笑中;

你冰冷的肉体,随星光而虚弱,

沾着些许轻露,

在我的舌尖前,有如水果的生长——

花朵的绽开:酸橙花。

而在花的味道下

有某种东西的滋味——

在你抵着我的肉体的嘴的

圆圈中间,我感到

一种坚硬之物,一遍又一遍,轻柔刮擦

抵着我喉咙的皮肉。

我醒来,而感觉睡着了,又醒来:

你的脸在我上方

微弱地闪动——某种轻盈之物,一种生命
在那里搏动。当我看到那是我的血,
我用尽我最后的力气,而缓慢地,
缓慢地,睁开我的眼睛,
伸出我的手臂,月光穿透并握着的手臂——
我说:"我要你";这些言词如此沉重
以致它们像黑暗笼罩世界,
你对我说,轻柔地:你不能这样。
我只是个女孩。
在我成为鬼魂之前,我只是个女孩。

我对你说:"在我成为鬼魂之前
我只是一个——
    一个鬼魂想要血:
当他们发现我,在这里,失去我的血,
他们将整晚搜寻你——那些严酷又笨拙的人
穿着束腰外衣和皮短裤,拖着辫子。
他们帽圈上的徽章将闪闪发光……
当除我之外所有人已对你说,晚安①,
而你已回答,几乎自由地呼唤

---

① 原文为德语"Gute Nacht"。

戴着月光镣铐在那里的我,

最后那个人会狡猾地低语,你好①。

就这样,当我所有的血

从你的四肢流进你的心脏——

此时,以上帝的名义,

你什么也说不出,哦大地的居民——

你会痛哭失声,而他们会擒住你,

绑起你,把你煮死——死人也会死——

在广场的喷泉那边,

就在城堡下面,在那只铁鹿旁边;

把你做成一个黑布丁,用先令和泰勒②装饰,

而把它献上,所有的光荣③,给城堡的主人,

上面写着一句标语:

    吃是禁止的④。"

或曾有过一次:我已忘记……

我该怎么称呼你,哦,大地的存在?

---

① 原文为德语"Grüss Gott"。
② 先令、泰勒:旧银币名。
③ 原文为德语"herrlich"。
④ 原文为德语"verboten"。

我希望你称呼我的,我永远不会听到。

我们将转变;我们将转变;但最后,他们的星辰,
  我们将休息于铁鹿鹿角的
  枝杈。
   但不是永远:
许多星星
已堕陨,许多鬼魂
在去往树林的路上,遇见一个鬼魂——
他溺于爱河,最终,变成一个鬼魂——
我们本该知道。在这片树林中,在这大地上
坟墓打开,死人游荡:
最终,我们在一切中醒来。

除了一个词——
最终人们从一切中醒来。
     除了一个词
持续着,永远,在岁月中,
一个我们从未理解的词——
而我们的生命,我们的死亡,以及经过我们的生命的东西

在那稳定的声音中消失:
纯粹,渴念,无法满足,
一个魔咒像星辰旋转在我们上方。

然而,当然,最终,所有这些都恒归为一,
我们也永远是一:
一个大地的居民,没有形体的①。

---

① 此处原文为"invisible",除了"无形的""没有形体的",也有"看不见的""暗藏的"等意。

从前

搬家

天空,一片儿灰,一片儿白。
树叶已失去理智
绕着那棵树转圈跳舞,枯萎;
猫在它的里面。
一个弄脏的、梳刘海的、头发淡黄的女孩
穿着印花面粉袋衣服,①
流着鼻涕,朝着风把她最后一口
面包、黄油和红糖吞下去。

用黄油涂抹猫爪,

---

① 20世纪30年代由于经济大萧条,面粉袋成为美国女性的衣料,后来形成时尚,一些色彩更鲜艳、图案更复杂的袋子也应运而生。

把面包屑撒给风。我们前行着。

我再也不会唱

《早上好,亲爱的老师》①,给我自己亲爱的老师了。

奥古斯塔

再也不会成为缅因州的首府。

露水锈蚀了我的背包带。

而太阳已落下,从那个用蓝色纸链

拴住的地方……

别人必定拉开了弓

和前膛枪,钟舌帽缘的

黑帽里的石箭让

那只高大的雄火鸡倒下——

还有那只斜挂着的蝙蝠。

黑板上的女巫

说:"在犁变成大熊②并整冬睡在

梓树下你的娃娃屋之前

把它放进车中。"

俄里翁③再也不会穿过

---

① 一首儿歌。

② 这里的儿童游戏涉及星座变化,北斗星座(the Plough,字面意思"犁")是大熊星座(the Bear)的一部分。

③ 希腊神话中的英俊猎人,死后在天空化成了猎户座。

我小床旁的破窗粘贴的星星
落在我的拼字课本上。
我的膝盖像玉米一样起皱
而那疮痂脱落了。

我们将住在一个新的南瓜中,
在一颗金色的星星下。

没有别的什么的了。
风吹到别处。
铜床在货车颤动。
多产的母鸡咯咯
乱叫——她的鸡蛋被煮熟了;
这只猫从树枝中被拽了出来。
这小女孩
越过这些行人的肩膀
看着她自己的街;
而,一码一码地,它变化着。
再不会见到了。
但她用胳膊肘感知着茶具
并缓缓移近她母亲;
此时她闭上眼睛,坐在那里,而被压扁的

红环和树叶像彩色粉笔

进入她暗黑的脑袋

并变暗,又飘得离那伸出的、

在她沉思的恍惚中也从她身体飘出的手

越来越远,越来越远:

她听到自己的心和猫的心的跳动。

她把那只喘气的猫紧紧搂在身上。

睡美人:王子的变奏①

越过刺篱后,我来到了第一页。
他躺在那里,皮毛因尘而变灰。
当我俯身,揭开一只眼,打了个喷嚏。
但眼球就在这儿,蓝色
如同它凝视的天空……
而哨兵的铁甲因生锈而呈棕红。

孩子们在里面玩耍:那小妈妈的
脏手,离那磨损、胀裂而
被吹离的孩子②一英寸,
对着它伸直——不伸直。
在他们的世界的小晌中的花朵
由成千上万颗拂晓露珠装饰。

---

① 原版本的睡美人故事(见《格林童话》)讲的是王子找到睡美人公主的宫殿,一吻让她醒来,随即宫殿沉睡的人们都醒来,从此王子和公主过上幸福的生活。

② 这里应指诗中孩子们在玩过家家游戏时,扮演一个女孩(诗中的"小妈妈")的孩子的玩具娃娃。

但最终,在用你们的血建立的
所有网络王国的中心,
我发现了你;而——看!——血滴
仍在那里,在你手指的灰尘下:
我挤压它,缓缓地,顺着你的手指,
它掉下,滚落开,正如应当。

而我弯腰触碰(就在一度是
玫瑰的灰尘下)沉稳的嘴唇——
它们在爱的持续呼吸之间
启开,为了那搜寻者,死神之吻。
然后我在你身边躺下,在
我们之间,灰尘中,是他的剑。

当世界终结——它永不会终结——
灰尘最终会在审判中从
你的眼睛落下,而我将低语:
"我已在你的身边睡了
千百年,在这儿,你之前已找到的、我
现在已持有的、最后的漫长的世界。"

当他们来找我们——没人会来——

我会从我漫长的浅睡中翻身,
我会低语:"等等,等等!……她睡着了。"
我会低语,凝视,如那搜寻者,死神的
凝视,而用我灰尘的手尖合上
那熟睡者的眼睑——
　　　　　　看,他很快睡着了!

王子

门关上之后,脚步声消失了,
我叫道:"妈妈?"没人回答。
我用颤抖的手擦着我麻木的脚
而在被子下拱起,蜷成黑暗的
一团红球;但地板吱吱响,有人在另一种
黑暗搅动——而我脖子的
所有体毛竖起,我低语:"是他!"

我听到他缓慢地呼吸,当他在我
上方弯腰;而我把眼光收回到
自己身上,像那只他们给我的兔子
紧缩,当他——于是他等着,我等着。
我听到他手指锉磨着,像五只爪子,
穿过泥土,直到我无法呼吸
而把我冰冷的手缓缓伸向他冰冷的手:

没东西,没东西!我扔掉毛被
然后坐起来摇晃;但星光给模糊的窗

投下条纹,空洞的黑暗中
那岗哨叫着某种东西,像一首歌。
我开始啜泣,因为——因为没鬼魂;
一个人像兔子死去,有种用途。
当我死时,他们给我什么,让我去死。

卡内基图书馆少年部

烟灰从引擎飘向读者们

爬上去的大理石:石头,和乌黑的铸件

(暗黑的茫然的道具杂置于箱间,

而洗手间在地下室的黑暗中,恒定于

它们无意识的路线,像日期:

一种不迷惑人、只迷惑孩子的过去)

全都远眺——正如孩子同样远眺——

在夕阳的纯红中变灰的

城镇的小山、石头和尖塔。

这里,在海浪屋顶之下,海豹成为人类之处;

在韵诗的微光中,那只旧杯①滴答着

它痛苦的训诫之处;在野兽们隐现于童话

绿色冷杉的黑暗之处:是沉思生命的孩子

从自己的生命企盼并朝之爬行的国度——

---

① 应当是指耶稣和十二门徒在最后的晚餐时共饮葡萄酒的杯子,后被基督徒视为"圣杯"。

是否你们仍必将这些奇袭者置于岛屿,

离开一个你们许久前失去描述信心的世界?

那孩子用带子绑紧四本书

离开巨穴。而那些剪下的、

颜色刺目又普通如名字的饰物,

玩偶们伤痕累累的家具,对任何东西而言

都小得只能怜悯,就像孩子——

你们当然在这些之中认出那个洞

(其从一个田野的中央扩展

到那个穷人看到金子的国度)?

樵夫在家跳舞,富足,富足;但一种阴影

潜入他一度拥有的世界

明亮奇异的阳光中;泰勒①模糊如一滴泪,

他像陌生人敲击,而一个陌生人说话,

而他看到,门环的黄铜,土地神②不欢的微笑。

这些书也向灰烬诵示——因为一个人

---

① 15 至 19 世纪间德国发行的一种银币。

② 原文为"gnome",也译为"地精",一些西方儿童故事中在地下守护金子、珠宝等东西的精灵。

一无所有,又发现所有陈列于此的
使用(空气般自由①,空气般
飞逝)皆不能兑换:那根低沉的弦
悲伤反复的魔咒,半是音乐半是痛苦——
有多少人相信你们拥有一个灵魂!
有多少人在此会用一个世界,换得这些
仍为绵延的孩子们阴燃的世界,孩子们
萦绕于这诸世纪的灾后甩卖。
漫游于如此多的生命中,他们也将忍受
他们无法逃脱的生命;并
带着我们悲伤而无用的微笑,学会怀疑
那唯一的、生者共有的宇宙——
甚至书籍也随之被烧成焦黑的那种实践。

我们从你们获益许多,关于如此纷繁之物,
　但从不关于我们的本然;然而你们却如此造
就我们。
　我们在你们中发现描述一生的知识,
　但不是在我们的生命运用它的意志,

---

① 原文为"free as air",也可理解为"空气般免费"。

我们的生命,不知为何,总如此有别于书籍的生命。

我们向你们学会去理解,而非去改变。

盲羊

羊眼睛瞎了;一个路过的猫头鹰,
他是一名有某种本地技术的外科医生,
为了一笔诊金,已承担了
治疗。一个树桩,他的手术室,
被猫舔得干净;他的工具——
一颗牙齿,一根刺,一些破旧的钉子——
他把它们排在一块海绵旁边,
而他已准备好要开始了。
羊穿过分开的人群被推搡向前,
"等等,"他咩叫着,"都准备好了吗?"
猫头鹰列出了钳子、解剖刀、柳叶刀——
老羊打断了他的回答;
"这些细枝末节可能不错;
但告诉我,朋友——世界怎么样了?"
猫头鹰毫无表情,说:"你会发现
像你瞎眼之前那样。"
"什么?"羊叫道,"那去收你的钱吧,
但要治好另一个傻瓜,而不是我:

为了目睹那种暴行,
我不会给你一片草叶。
我是一只羊,不是一头驴。"

滑冰者

我站立于我的羊群中
沉默如我的滑杆。
在海洋般的厚实地板
我望见滑冰者划过。

长久如光,如寒风
我在他们的轨道飘动
直到我在傍晚边缘
铭记他们屏息的群体。

于是我在他们中前行
像光顺沿它的大地,
欲望缭绕他们的唇,而速度
僵硬其四肢的组织。

向北穿越夜晚的月份
我们掠过浮冰;
无数的目光点点斑斑

在我闪烁的注视上

俯身向我,星星之中
一张困扰的脸①——
那紧急又专注的人们,
那迅捷又奉迎的玻璃。

我们恳求爱多长久!
我们的拥抱多忘我!
越过杆子和冰屋,伸延
我们吻的光彩和道路

直到最后的人制标示,
"我们得停在这,"我叫道,
"为阻挡永恒的冰
我们逃避这无尽的长夜。"

---

① 弗格森认为,这张脸是贾雷尔自己的倒影。【见 Suzanne Ferguson, *The Poetry of Randall Jarrell* (Louisiana: Louisiana State University Press, 1971), p.25.】罗森塔尔认为,这是作者对母亲象征性搜寻的投射。【见 M. L. Rosenthal, Randall Jarrell (Minnesota: University of Minnesota Press, 1972), p.8.】

但耀眼的铁的光环,身下
星点的冰的黑色咆哮
旋动我们晕眩轻率的步幅
穿过涡流的夜晚进入

深渊,在那里麻木肢体遗忘
冰冷的嘴暗哑的跟从——
滑冰者们像燕子一样闪烁
在我们周围,在长长的下降中。

约拿

当我躺在这儿,在太阳底下
而远眺,一天的旅程,在尼尼微,
黑暗中水手们对着我喊叫:
"啊,沉睡者,为何要这样?起来,求告
汝的神;和我们一起,祈祷我们不会灭亡。"①

所有汝的惊涛骇浪盖过我的身躯。大水
包围我,杂草缠绕我的脑袋;
有着种种限制的大地永远环绕我。
一条赤裸的虫,不再是一个人,
我在死人下面扭动:

但汝是仁慈的。

---

① 据《旧约全书·约拿书》,约拿去尼尼微城传上帝旨意,但他违命坐船去他施,并在船上睡大觉。途中起大风浪,约拿知是上帝旨意,愿自己投水以救同船的人,之后上帝派一条大鱼把约拿吞入肚中三天三夜,再在岸上吐出来。这首诗未提及大鱼,而从约拿到达尼尼微后,在尼尼微郊外回顾"一天的旅程"开始写起。

当我的灵魂在我体内死去,我想起了汝,

我从深渊向汝呼哭。因为汝是仁慈的:

汝把我的生命从堕落中提起,

哦,主我的上帝……当那国王①说:"谁能知道

但上帝或许会后悔,消除

他的暴怒,而我们不会灭亡?"

我心灰意冷;因为我知道汝以前的恩泽——

在我自己的国家,主,难道我没说

汝是仁慈的?

现在,主,我求汝,从我这里

夺走我的生命吧;我死了更好……

但是我听到:"那么,汝如此发怒好吗?"

而我一言不发,苦涩地望着

整个城市;一根小葫芦藤在我头顶长起

并给我荫凉——而我睡去,清除了悲伤。

我很高兴这葫芦藤。但上帝准备了

一条啃咬葫芦藤的虫子;但上帝准备了

---

① 指尼尼微国王。

东风,太阳击打我的头
直到我哭喊:"让我死吧!"上帝说:"你因为葫芦藤

如此发怒好吗?"
而我愤怒地说:"我发怒
甚至死亡,都很好。"但主耶和华
对我说:"汝已怜悯葫芦藤。"——
我哭了,听到它的枯叶的声响——

"哪座城一夜中出现,一夜间消失?
难道我不应宽恕尼尼微,那座
超过六万人的城市,
他们不能分辨右手和左手;
还有很多牲畜?"

歌:不在那里

我走向橱柜,打开了柜门,
我向我的人民叫道,哦,它不在那里!
"你认为这会持续多久?"厨师说。
男管家说:"有人在乎吗?"
但它在哪里,它在哪里? 哦,它不在那里,
不在那里得救,不在那里得救,
如果我得救,不会在那里。

我跑向一只盘子,向一头猪,向一道菜,
一头老中国猪,一只盘子,向一只梨,
说,为了找到它,哦,我会找遍任何地方,
说,任何地方,任何地方……"找遍任何地方",
盘子笑着说:"是的,找遍任何地方;
那里和这里一样好,那里和那里一样好——
你会指望在哪里得救?"

我对着我的人民,盘子,对着碗柜,
盘子上的猪,梨子,梨子,说:

哦,我的拯救在哪里?

"哦,哪里都没有。

你像一道菜闯进我的脑袋。"盘子说。

"一头猪。"猪说。"一只梨。"梨说——

不在那里得救,不去那里得救,

如果你得救,不会在那里。

在图书馆挑书的孩子们

上方,群兽诸神,墙体明亮。

那孩子的脑袋,弯向书籍颜色的搁架,

缓慢,斜倾,如采集食物,

在盲目恩典中移动……然而,从那壁画,凯尔①,

灰眼的那个,在晨雾中钓鱼,

抓住婴儿英雄的头发

又用诸神和孩子们的语言,低语一种

普世如黎明又像黎明

沾露变白的末日话语。孩子们的叫喊

对人而言是蟋蟀的唧叫,充满温暖

——但将手指浸入法夫纳②的血中,品尝一次,

他们所有的话语就明了如机遇和痛苦。

---

① 凯尔(Care),意为"关怀""关切"。
② 在瓦格纳的歌剧《尼伯龙根的指环》中,法夫纳后来化身为巨龙,守护着珍宝,英雄齐格弗里德杀死了法夫纳,沾尝龙血后能听懂鸟语。

他们的故事充满巫师和食人魔,

因为他们的生命是:变幻莫测的无限——

就如父母,除了凭借运气或魔法

没人能逃出;而既然力量和

智慧无用,那善良些或愚蠢些,期待

某种权力感恩之礼,事物的潮汐。①

一边阅读,一边……在搁架间,像狗一样,搜寻草叶,

而发现一种医治孩子们疾病的

疗方的开头:很久以前有

一匹被喂养的狼,一只被警告的老鼠,一头被骑着的熊,

一个男孩。哎呀,我们是人!狼、老鼠、熊掘洞。

然而狼、老鼠、熊、孩子们、诸神和人

---

① 据学者苏姗娜·弗格森分析,在《格林童话》中,聪明的小孩不一定有好结果,有好的归宿的往往是不那么聪明的:他们要么善良,要么忍耐,要么运气好。这在《三根羽毛》《老妈妈赫尔达》《不能颤抖或摇晃的年轻人》《树林里的三个小人》《金鹅》《金鸟》《有三根金发的魔鬼》等故事中都可以看到。【见 Suzanne Ferguson, The Poetry of Randall Jarrell (Louisiana: Louisiana State University Press, 1971),p.28.】

在宇宙的搁架上下缓慢地徘徊,

寻找……除了他们自己,谁知道?

有人逃奔向往之物,有人逃离:但愿我们发现

斯万的道路①好于我们自己的道路,而在北风的背面

继续跋涉,向——向——东方太阳某地,

西方月亮某地,因为我们借以与别人

交换彼此的悲伤而活;因为我们自己的不可能,

别人的不可能,仍不被相信……

"我仍是我自己?"在一小会儿中,忘记:

世界的自我们治愈了那轻疾,自我,

而我们目睹,弯向眨着露珠眼睛②的我们——那伟大的

变化,它为万物所珍惜,万物对自身并不珍惜。

---

① 斯万是普鲁斯特的小说《追忆似水年华》中的人物,这部巨著的第一部英译名为"斯万的道路"(现有中译为"在斯万家那边")。
② 原文"dewy-eyed"有"纯情的""含泪的""天真的""容易相信的""不切实际的"等意。

世界是一切事实

西尔斯·罗巴克公司①

"一个骑自行车路过的人眨眼;呃,不管她,不管她!

如果连我受焙烤的奶油色百叶窗也是合金,

用板条装好,让我赤裸面对撒旦的这些羔羊——

我的印度薄棉布连衫裤,我

鹿皮糅制的鞋,以及伐木者鞋跟和防护鞋头,

会裹起我穿过这坏世界的荒野。

我再次写信,索要一部注音圣经。

---

① 西尔斯·罗巴克公司(Sears Roebuck),美国大型连锁百货公司,于1886年创立,20世纪初其成功的邮购业务推进了公司的发展,直到1989年被沃尔玛赶超之前都为美国国内收入最多的零售商。

"但用拇指翻动纸页之时,我偶遇石膏匠的鹰,

　　一大片女人贴身衣物。

　　一个女孩穿着棱纹法兰绒短裤向我滑来……

　　啊,尘世的俗丽装饰!我的心卡在我的喉咙:

　　当心!火箭泰然悬于世界上空!

　　甚至我的油布雨衣,在这邪恶时刻,

　　也在我周围燃烧!啊,火焰!火焰!"

——那么,约翰·多伊①,唐璜②——啊,可怜的忠诚的约翰,

　　把你无尽的订单从拔摩岛③寄往西方!

---

①　泛指某人,无名氏。
②　泛指情场浪子,放荡者。
③　拔摩岛(Patmos),也译为"帕特摩斯岛",位于爱琴海东南部。据说,《启示录》的作者使徒约翰当时被放逐在拔摩岛,他在那里看到异象,被圣灵启示,并将此事完整记录下来。

乌托邦旅程

"一会儿医生会查出什么问题
并治愈我。"病人们心想,他们等待着,
像他们的称谓一样有耐心①,孩子气
又虔诚地看着他们的希望所在——
护士,执照,旧杂志。

他们的孩子气本能又自然;在这办公室
对他们的存在种种自然的困惑,
他们既不能满足也不能理解的诸多要求,
降为孩子式的,"我痛",任何
野兽的赤裸意向:继续活着。

而他们最终来看医生
又去了他指定的种种医院,疗养院,或
坟墓——凝视他们的救世主
戴面具的寡淡的脸,闻到虚无

---

① 英语"patient"既指"病人",又指"耐心的"。

那恶心的甜味,离开,寄回他们的支票;

但这是什么?我是什么?
康复者用黑线缝合,
他的痛苦消退,他心神不定的脑袋
随灌肠剂和橙汁,随无结果的逃避的
沉默而平静——无声地,记起,一次甜蜜的、

含糊的、确定的讲话……回到他的生活,
白天和夜晚间,孩子,你了解了什么?
他回答,什么也没有——被围在这些生动的
尽头中,这些盲目绽开的迷宫小径中,
小径穿过一千片叶子,导向始初

或最终向——黑暗的,叶饰的——一扇门。

希望

精神会枯萎,但
这封信赋予生机。

一周被分发出去,像
孩子一张张捡起的一手牌。
你一直得到同一手牌。
你一直得到同一张牌。

但一天两次——除了周六——
但每一天——除了周日——①
轮子停下,**时间**有一道裂缝:
随鞋底嘶的一声,一声锡响,
我自己的灰色**守护神**,停立于楼梯上,
我自己的秃顶**命运**,攫住我的头发提起我。

---

① 以上两句源于邮差的送信规律:周一到周五每天两次,周六一次,周日不送。

我真倒霉!我真倒霉!在愚人的邮箱
那片明信片,希望仍笑着①:
你在澳大利亚的叔叔
死了,你是**教皇**②了。
因为很多灵魂不知不觉
款待了一位**邮差**③——
而当你叫喊,不可能,
一个脚步踏在楼梯上。

人一直做同一个梦
其已迟到,标着邮资不足,
账单已付
而又迟到,标着到期应付——

一天两次,在一个腐烂的邮箱里,
白蛆是新生的:

---

① 这是对英国诗人亚历山大·蒲柏(Alexander Pope,1688—1744)的《论人》(Essay on Man)中的诗句"在愚人的杯中,那气泡——欢乐仍在笑着(in folly's cup still laughs the bubble, joy)"的戏仿。

② 教皇(Pope)与诗人亚历山大·蒲柏的姓均为同一个词"Pope"。

③ 这是对《新约全书·希伯来书 13:2》"别忘了款待陌生人:因为有些人不知不觉中款待了天使"的化用。

而**信仰**,再一次,忠实地

属于我,但**慈爱**

充满希望地写到有一个

新救济院——但**希望**完好如新。①

  我真倒霉!我真倒霉!在愚人的邮箱

  那片明信片,**希望**仍笑着:

  你在澳大利亚的叔叔

  死了,你是**教皇**了。

  因为很多灵魂不知不觉

  款待了一位邮差——

  而当你叫喊,不可能,

  一个脚步踏在楼梯上。

---

① 这里提到的三封信,是基督教的三德:信仰、希望和慈爱(和合本译为"信、望、爱")。在这里,**信仰**的信有着通常的签名"您忠实的"。

北极 90

在家里,穿着我的法兰绒睡衣,像熊走向它的浮冰,
我爬上床;整晚航行,我到达地球
不可能的边缘——直到最后,飘着我的黑胡须,
裹着我的皮衣,和我的狗,我站在了北极。

在这孩子气的夜晚,我的同伴们被冻僵而卧躺,
生硬的皮衣拍打着我饥饿的喉咙,
而我沉重地叹息:雪花密密飘来,
这真是我的终点? 黑暗中,我开始歇息。

——在这里,旗子在坚冰的耀眼和
寂静中噼啪作响。我站在这里,
狗吠叫着,我的胡须黑色,我凝视着
北极……
    现在怎么办? 啊,回去吧。

如我所愿转身,我的脚步向南。
这世界——我的世界在寒冷和悲惨

这极点上旋转:所有的线条、所有的风
终结于我最终发现的这个漩涡。

而这毫无意义。在夜晚航行之后
孩子的床上,在那个人们为
加冕痛苦的终点而工作
和受苦的温暖世界——在那云和布谷鸟之地

我到达了我的北方,而这具有意义。
在这里,在我的存在的真实极地,
在我所做的一切都毫无意义之处,
在我独自一人、偶然生死之处——

在我生着或向死仍然孤独之处;
在这里,在北方,夜晚,死亡的冰山
把我从无知的黑暗挤出之处,
我终于明白我从黑暗中拧绞出的

所有知识——黑暗抛给我的知识——
如无知一样毫无价值:虚无,来自虚无,
黑暗来自黑暗。痛苦来自黑暗
而我们称之为智慧。它是痛苦。

雪豹

它踩着陡坡的白霜的厚毛脚垫
灰褐相间而失重,而无形地、
淡漠地滑行;当
卷云的水晶在茫然的眼睛下
漫游了一英里,这
雪豹凝视着商队。驮带茶叶
而呻吟的牦牛们,持续舔着每一个
晕眩宇宙(其像水壶为变得稀薄的
生命而喘气)的麻袋,
是水池①,在井然穿越冰和空气
直到黑夜的无尽深渊中。
不经意的元素的掠夺者,他们种属
最后的寒冷的毛细血管,
他们移动如此迟缓,对于任何不比人眼
固执的眼睛而言,他们凝静未动……

---

① 原文"pools",可指深渊中的"水池",也可指"赌注"(这些牦牛和麻袋是商队的赌注)。

来自乱石间不能安抚的混乱

雪粒冰冷舞蹈,一个擦亮的烟流,

进入呼吸,持续着,不可持续,

他们对着最后的寂静易换他们的死亡。

他们用误解的恐惧,用欲望感知,

他们的血液,在世界的背面,在薄雾中

建立野蛮的几何必然性:

这头豹发出刺耳的呼噜声,晃动

六英尺的尾巴;困倦地观望——

冷漠,无常,安全——望着它了解的一切,

它所是的一切:那无情之心。

培尔·金特,勃伊格,只有一个①

"呃,我的一生很幸福。"哈兹利特②说。

斯威夫特的眼睛鸡蛋一样大。③

那摩尔人说了什么? 我忘了。

---

① 这是挪威作家易卜生(Henrik Ibsen)的诗剧《培尔·金特》中勃伊格对培尔·金特说的话。在这部剧中,勃伊格是一个幻影,无形,总挡住别人的路,无法摆脱。当培尔·金特问它:"你是谁?"它回答:"我就是我。"勃伊格有多种象征,其中一种是妥协精神,在剧中,随着时间的推移,培尔把勃伊格的重要名言("绕着道走")作为座右铭。

② 指威廉·哈兹利特(William Hazlitt,1778—1830),英国作家、文学评论家、哲学家。他现被认为是英国史上最伟大的评论家和散文家之一,与塞缪尔·约翰逊和乔治·奥威尔并列。

③ 乔纳森·斯威夫特(Jonathan Swift,1667—1745)是英国著名讽刺作家,其代表作品是寓言小说《格列弗游记》,另有大量的政论和讽刺诗。在《文明的故事》中,威尔·杜兰特(Will Durant)这样描述斯威夫特生命的最后几年:"1738年出现了明显的疯狂症状。1741年,监护人被派来处理他的事务,以防他在暴怒中伤害自己。1742年,他的左眼发炎,肿得像个鸡蛋那么大,疼痛难忍;五个侍从不得不阻止他把眼珠挖出来。他整整一年一句话也没说。"

杀死格雷维尔①的仆人痛哭。

他们都死得很好:也就是说,他们死掉了。

人怎能从巨著获知这一切?

监护人打的不是格列弗;

告密者对马克思,而不是《资本论》

印象深刻。那些星期天

野餐时,没人提及政治。

他们活着,他们死了。"我就是我。"

有人听到斯威夫特口吃:他疯了。

贝多芬,弥留之际,学会了乘法。②

这是啥意思?啊,没啥。

没啥?……我们全都死掉多好!

---

① 指富勒克·格雷维尔(Fulke Greville, 1554—1628),伊丽莎白时期的诗人、剧作家和政治家,他被自己的仆人刺死。

② 贝多芬的数学很差,少年离开学校时只学过加减法,没学过乘除法。

金钱

我坐在这儿喝牛奶吃烤面包,穿着我的睡袍——

他们把我的睡衣弄得比我所吩咐的更刻板……嘿!……

我会吩咐他们……

啊,在我发家时,

我不会给一个呆呆的印第安人一个木质镍币①。

我从没给过我记得的一个灵魂

我能帮助的一分钱:现在我坐在这儿,准备核查

任何书面要钱的致命动机,

而看或不看——我习惯它们太久了——

---

① 在美国,木质镍币是一种木制的象征性硬币,通常由商人或银行作为促销手段发行,有时可以兑换为特定的物品,比如饮料。

七张柯罗①的画、哥白林挂毯

和我出价高于克莱·弗里克的首张伦勃朗,

因为:

用脏钱买一张伦勃朗的脏画——

但现在我们都去过了洗衣店。

(哈丽特会称塔贝尔小姐②为老塔宝贝——

这一切不会持续太久,我快疯掉时她会说;

而她是对的。她总没错。)

我常说,我起步于铁路

——"也就是说,股票。"我会想,而永远不说——

而我最终在慈善获得成功:

想想始终就是服务!

我本可以一脚踢到自己的脸

想想自己咋没想到这一点……

"你们中没一个人做不到我做的事——"

这是我的台词;而我会想:"但愿你是我。"

"他看到美国这机遇之地",

---

① 柯罗(Jean-Baptiste-Camille Corot,1796—1875),法国风景及人物画家。

② 据贾雷尔在本书引言中的说明,塔贝尔小姐即著名的丑闻调查记者艾达·塔贝尔。

第二版两栏标题,

是我获得的一切,多年来。

他们从未了解一件东西!

啊,当我想到我做过的事,我简直不敢相信!

……一个长老会教徒会说这是普罗维登斯①。

在我的人生中,我买下了整个罗德岛的立法机构,

为了——我不记得花了多少;为什么……

哈丽特会让内莉·梅尔巴②进门

来娱乐我们的朋友们——这从没让我开心,一点也没有——

我会想:"小鸟儿,我可以用

你买一块梅尔巴吐司③的方式买下你。"

我有我的烦恼——没有什么钱无法解决。

---

① 普罗维登斯(Providence),罗德岛州首府的名字,其名含义是"天意"。
② 内莉·梅尔巴(Nellie Melba,1861—1931),著名歌剧歌唱家。
③ 一种烤得非常脆的薄面包片。

这世界有一个百分比的人因

我的大礼帽中的钱袋子而憎恶我。

(听到沃德①,我会让插在我皮衣的稻草静止。)

但最终,钱让他们谈拢。

难道没人称它为"伟大的调停者"?

当我的手下们炸毁纽约中央铁路的

十三座高架桥,我就违背了我的行事方式

而对报纸说:"钱是一种责任。"

如果我没钱,我会贬低钱。事实上,

整个办公室的人可以听到我穿过两扇门。

E.J.说他们说:"听听这老人走路!"

啊,正是钱

让我甩掉可怜又轻信的妻子,又

从她手中买下了我的女儿,还让我得到哈丽特——

哈丽特嫁给我为了什么?……现在她走了,

---

① 据贾雷尔在本书引言中的说明,沃德即"社会权威人士"沃德·麦卡利斯特。

他们也走了,但它没有走……

你可以带着它去任何我要去的地方。

……当我在邓白氏公司①物色

我的第二个女婿,社交秘书

要求他的名字在《哥德年鉴》②上。

不过,如我估测:他没找到。

你看不出我孙子和法国人有啥分别。

而参议员们! ……

      我从没见过我买不到的人。

我妈死后,我在另一个郡

和一个农民搭伙;我过去常想起她,

而我环顾四周,如我所能,

我看到总括一切的东西:钱。

现在我要死了——我不能把这叫作活着——

我没任何理由改变我的想法。

---

① 邓白氏公司(Dun and Bradstreet),一家著名的企业资讯和金融分析公司,现今总部设在美国新泽西州。

② 《哥德年鉴》(*Almanach de Gotha*),又叫《欧洲王族家谱年鉴》。

他们说钱不是万能:是的;

金钱对你毫无帮助,当你

叹息这广阔世界没别的东西可买时……

我第一次想不起我会

没有的东西,这令我震撼。

        但给予也同样。

解放者

当你们研磨镜片而月亮们离开那伟大的
漫游者,自由漂移;当苹果
像海贝壳闪耀,穿过你们的棱镜,航行者;
当,罗马恩典在纯粹之火舞蹈,
你们的信条从你们的骨头像灰烬吹来;

是否有一刻,你们思索着,越过数字符号
——像肉汤细菌凝胶于拉丁语,
被神圣欧洲像奇迹抢来的数字符号?
越过随生命逝去的忧郁法典,被
戴假发的名流遗忘或击掌的生命?

你们想到这些?地球之脸因铁而幻变,
烟倚依白昼,绵延如高墙?
——方程式变身为应用:自由人拖着
脆弱的骨头,步出廉价公寓投票
以求与在你们工厂的孩子们一齐赴死。

人生于枷锁,而我们处处目睹他的夭折。
在你们的土地,他们只卖我们的生命。
你们知道你们献身的东西是我们的死亡?
那些岁月,你们会意,人们祈盼的是贸易?
正是你们,已理解;正是我们,已转变。

变奏曲

1

"我和潘趣先生同居,他们说我名叫朱迪①,
我用我的擀面棍打他,他用他的手杖狠揍我。
我跟士兵私奔,他坐马车紧跟,
他掏出大左轮手枪,我的脑袋就穿了个洞。
但那是他的职责,他只是履行职责——"

朱迪说,这个朱迪说,可怜的朱迪对着这根绳子说。

"哦,听听她,且听听她!"这根绳子轻柔地说。
而这根绳子和朱迪,不再说话。
是的,绳子或朱迪,不再说话。
但他们绞死了潘趣先生,用一根六英寸长的绳子,
"鼓掌,"舞台监督喊,"演出结束。"

---

① 本小节是对英国滑稽木偶戏《潘趣和朱迪》的"变奏"。在原本的故事中,潘趣生性残忍,因一小事杀死自己的孩子,其妻朱迪以木棍击其背,亦被他夺棍打死。潘趣后被判绞刑,竟在绞架前哄骗刽子手,让后者把头伸进绞索,最后魔鬼来缉拿他时,也遭他百般戏弄。

2

"我像一只天鹅,卧在天堂的地上。
当乌云密布,雨变成
我宫殿的米粒,大智慧
是我花园的齐特琴,我站在莎草间
并把上帝的金杖交予诸民。"

恩典说,善说,神之子说。

妻子们和智者们,夏天的柳树
点着头,被风喂养;当雪落下
而风的脚步在纯净冬天呈现桃红,
谁把炭火留给神之子,
渐息于地狱口的徒劳的风?

3
"我住在一个满是熊和麦片粥的房间。
我母亲死了,我的保姆很可怕。
我整天坐在一个白瓷房间,整夜
躺在我的脚轮矮床。
她没死,她没死,一点也没死!"

男孩说,女孩说——而保姆她说:

"我会整天炖你的耳朵,小兔子,
就像上帝吃了你的母亲,因为你坏,
坏,坏——"保姆是
醒来的、死于其中的黑夜:而我活着的白昼、
这个世界和它的生活是她的梦。

4
"我生在一个小屋,我的智慧沉重。
我姐姐死了,他们杀了我父亲。
我没有不饿之时。
他们耗尽了我,我即将死去。
我站在墓间。"

白人,黄种人说,黑人说。

而世界说:孩子,你不会被错过。
你比一根扳钳卑贱,你的后背是一条路;
你的死亡是书中一张图表。
你有我们的智慧,我们的心对你密封:
人是世界的审判。

森林中的坟墓

睡美人

她卧躺着,她的头在她膝盖下
在旧箱子里;而没人来——
甚至没有行李搬运工,来核对一次
或带来为她艰难分娩的产钳。
火车在外面喘气;而她屏息地盘绕
在他的愿望中,没被唤醒。

她在睡觉,但,哎呀! 不美丽。
旅行者们在周围打瞌睡;被带走;
而荆棘攀爬着她的石脉。
她无可挽回;然而,一个国家
茫然地寻找她,而公民们
瞬息间溺死在她薄纸般的眼睛中。

然而,那搜寻者在哪儿,他足够黝黑以袭取
她张开的四肢,或战栗如鱼
游入她的头骨那裂开的大漩涡?
血抚弄她那骇人的嘴;
种种生命蓬勃在她的生命中,让
它们的省份疏远她超越性的笑容。①

什么愿望,什么锐利的痛苦对她施以魔法
直至这寒冷的时期,这痛苦、愿望、
和魔法的终结:这悬浮的睡眠?
她在这儿等着被唤醒——因为他已在
等她醒来,等她醒来——
她的嘴唇凝固在最终的闲散的笑容。

---

① 这里相关于奥登《悼叶芝》中的著名诗句:"他的躯体的各省都叛变了。"

一个故事①

即使从火车观望,山也显得空荡荡。
当我卸下行李,我听到我妈妈说:
"记得每天换长袜——
我是说,袜子。"我继续走,经过他们
没有灯光或男孩的阴暗建筑物
进入了道路消失的乡郊野外。

但当我清醒,我想:道路没有消失。
那天晚上,建筑物不再是空荡荡,
挤满着和躁动着带行李的男孩。
我听到有人在上方支架旁说:
"然后他们没听说过。"我紧张地听着他们
安静又有趣的声音,但白天也跟着来临。

---

① 原诗是去掉最后的诗跋的"六节诗"(sestina),以"empty"(空的)"say"(说)"day"(白天;一天)"their"(他们的)"boys"(男孩们)"lost"(迷失,消失,失踪)六个词作为诗行结尾词,遵循六节诗的格式交替。中译未遵循其格式。

学生们整天都在说些什么?

今天院长说:"一个新来的男孩失踪了。"

他对女舍监说,我能听到他们

走廊中的脚步声,但那儿空荡荡。

我得告诉他们我听到的那些人说的东西。

当我起床时,我会告诉其他男孩。

我更喜欢家,我不喜欢这些男孩。

当我醒来时,我想:"今天天黑了。"

当我出去时这些人几乎

没对我说一句话。我写信回家说

我丢了我的钢笔,而今我的邮箱仍空荡荡。

因为他们都忘了我,他们更爱

他们的新朋友——如果我没收到他们

我永远无所谓的信,我就喜欢这些好过

他们的男孩。我会写信给他们。"我们还有

一间空房。"

女舍监告诉今天来的那个人。

她怎能这样撒谎? 当那些道路到这里,它们就消失。

这乡野的路牌想不起什么要说。

有人必定了解。这里的人们都说
"我不了解",我梦见我问他们,而我明白
他们内心也不了解,他们所有人都迷失了。
难道路牌,难道道路不比男孩们了解更多?
当我感觉好一点,他们会在某一天
醒来时,发现我的床空荡荡。

失去

水沫的鸟,骨头的树:
卷须植物给你淋上露水,花瓣的
气味对着骨洞滴答响着——
有羽毛的黄鼻孔,一条血红的杠
给你凌乱之羽描上条纹;
但那些中止的刺耳声音,你生命中的铁,
在秋天的雨中生锈;而吹积物
最终,埋葬了一个小巢,在那里头骨
比蛋脆弱,禽腿像一支稻草,
像手表压碎的构造横陈:你的孩子……
当屋顶升向你,去年的枝干
留着一个球果给你的喙,而你悬挂着,击打着,
是否那绒毛仍脉跳着,一个疼痛的舞会,
在你井然的①、有喙的、无常的头骨中?

---

① 原文此处"sleek"有多义,既指"井然有序的",又指"光滑的""线条明快的""雅致的"等。

夜的气息

月亮升起。红幼崽翻滚于
腐烂橡树旁的蕨类植物中,
在沼泽和草地之上
凝视农场那白色的烟束。

一个火花燃烧,高高在天上。
鹿穿过古老的果园
开花的行列,兔子们
跃过井栏。从屋顶平台

旁边的树,公鸡啼叫;两颗
星星在西边的树间,
被诱捕,而一只猫头鹰的轻叫
穿行,像经过森林的一种气息。

尽管死亡被噤声,尽管快乐
像黑夜隐藏它们的战争,
这世界的存在,在这里
也同样被推动星辰的纷争扫过。

后来

(科比埃①回旋诗《后来》的四次改编)

1

睡吧:这是你的床……你再也不会,来我们这里了。

饥饿的睡眠,被喂饱?——你的舌头全是草。

睡吧:哦,他们爱你,现在——被爱的人总是

另一个。做梦吧:最后的田野全是花。

睡吧:他们会叫你星贼,光线的

裸背骑士!……虽然那里会很黑,很黑。

而黄昏时分,阁楼天使——瘦蜘蛛,

希望——来为你空虚的眉毛织网。

---

① 指特里斯坦·科比埃(Tristan Corbiere, 1845—1875),法国诗人,生前其诗鲜为人知,直到死后被魏尔伦发现,后来又引起庞德和艾略特的兴趣。许多现代主义诗人都研究过他,他的诗常被译成英语。

蒙面纱的消音者!……但对你来说,面纱下面

一个吻在等待……在那里,没人知道;闭上你的眼睛看。

笑吧:在罩布下,首个奖品在等待。

——他们会用香炉的闪击打断你的鼻子,
一束漂亮的花!给一个富裕的、带着烛剪的
教堂司事油腻绽开的大脸。

2
天色在变黑,星光小贼!
再没有夜晚,没有白天。
睡吧……直到他们来找你,孩子,某天早晨——
那些说"永远不会!"的人,那些说"总会!"的人。

你听到他们的脚步声?声音并不重:
哦,轻盈之足!——爱有羽翼……
天色已晚,星光小贼!

你没听到他们在询问?……你没在聆听,
睡吧:它很轻,你承负的蜡菊。
他们根本不来,你的朋友们,那些熊,
来向你的萤火虫瓶扔砖块。
天色已晚,星光小贼!

3
早上好!……去睡吧:你的蜡烛头
在他们放它的地方;然后他们离开你。
然而,你不怕孤身一人——
可怜的小家伙,你怕吗?它光亮,像白天。

以前你畏惧那个老处女和她的戒尺!
继续睡吧!……噢,谁有胆量把你叫醒?
晚上好!……去睡吧:你的蜡烛头……

已熄灭。——甚至连个门卫也没有:
只有北风,南风,才会用它们的
大天平,来称量一根蛛丝。
——他们把你逐到寒冷的室外,那些扁

平足①!

晚安!……去睡吧:你的蜡烛头……

4

快跑,小小彗星梳发者!

风中的野草,会是你的头发;

从你破碎的眼睛里涌出

鬼火小精灵②,你虚弱脑袋中的囚徒们。

被他们叫做"三色堇"的墓花

会在那里播种,让你泥土味的笑声绽开……

还有隐士的花朵,勿忘我。

去吧,小诗人:你的棺材

是送葬者的玩具,是你的教养所

最后的警报器的音箱……

他们认为你已死去——这么愚蠢,这些成人——

快跑,小小彗星梳发者!

---

① 扁平足(flatfeet),指警察。
② 鬼火小精灵(will-o'-the-wisp),夜行者在夜间看到的一种大气幽灵光。

死亡之地

"花环是编成的柳条:绿色清漆仍用它

涂油的小洞,诱惑一群蚊蚋;

水果罐上的花凋谢——而消失,

茎干晾干便于审判。古怪的天使

用他的红花岗岩眼珠凝视

一部灰花岗岩圣经;红松鼠

蹲在黑胡桃木丛,抓住有虫的坚果

机械地啃咬:这些东西,还有那又红

又白又蓝锤击这灯杆的

啄木鸟,足以唤醒死者——"

活着的、散着步的学生,雀斑的瘦手拿着

斯宾诺莎的书,有时已感觉到,

在一个土墩上陷下;草绿色的空气,

它们的理解的树林和草地,

已从泛黄的书页,向他喃喃低语:

一切确定皆是否定①——

---

① 斯宾诺莎的哲学观念。

他已感受到存在的边界在渐渐消逝,

这些早已过时的、半埋于土的、犹如露水的模式

转归播种的非人的**实体**——

实体无限、永恒、不变的思想

在这里广延于千座坟墓。

这些闪光的身体——游荡如在

枯死的插花中哀悼的气息的狂风——

已将渺小的存在(其长久于它们对它的思考)

包含在它们的本质;部分被拒绝

但真实,因而完美,它们在这里隆起,前移,

一个王国中的王国,所有被利用的、持续的事物

最后的对立的存在——

直到复仇天使①会将他的诅咒入鞘,

忘了他是守护者,并梦见

(他满是麻子的头枕在**生命**之书上)

那花,那水果罐"胜利",

和这些坟墓——它们把幸福本身

和最终的自由,奉给一个永恒的上帝,其,

已死的斯宾诺莎(从发源于阿尔卑斯山的

---

① 此处原文为"The avenging angel",另有"捕蝇蕈"之意,暗示让蚊蚋死亡的清漆。

莱茵河的三角洲)命名为必然性……
但松鼠在(高耸于可怜土堆
及其叹息上的)火红树林里发怒:
"创造我们的怜悯并不女人气";
但那快乐的鸟对着垂死的树(其电线
给人带来光和死亡)锤击;
但哀悼者聚集,为即将死去的蚊蚋——
在交配的云中闪光的舞者——
而研磨镜片者的声音停止:
哀悼者和被哀悼者浑然一体。再一次
来自**时间**尽头的巨风起舞
在学生掷落的树叶上呵气(学生在这
草绿色的墓上小睡了一小时)。
但天使从覆盖树叶的冢边低语,
他不在这里——看,看,他不在这里;①
但叶子卷向非人种属的家园,
它们在死亡之地演示生命,
并且——将死,将死——从无人哀悼的坟墓
向他喊叫:"只有人是悲惨的。"

----

① 这里指向《新约全书》各福书中的相关记载:玛丽探看基督坟墓,发现墓空了,这时天使说:"他不在这里……已经复活了。"

轰炸机

第八空军

如果,在临时营房一个奇怪角落
一只小狗舔着花瓶里的水
而喝醉的军士刮着胡子,吹着
口哨,哦,天堂!——我该说,人非
如人所说:一只对着人的狼?①

其他的杀人犯群聚着,打着呵欠;
其中三个人玩"掷纸牌",一个在睡觉,一个
躺着数任务,在那里流汗直至
甚至他的心跳也在数:一;一;一。
哦,杀人犯!尽管如此,事情就这么做:

---

① 出自罗马谚语:人之于人,犹如狼之于人。

这是一场战争……但既然这些人,在死前游戏,

像狗儿和它们的狗崽;既然,作为人,

我如这些人做事,但没有死——

我将如我所能满足人们

而把这些人交给他们:瞧,这人!①

因为他,我在梦中已受了

许多苦②;为了这最后的救世主,人,

我撒过谎,正如现在我撒谎③。但什么是谎?

人们用血,洗他们的手,尽其所能:

我没发觉这义人有错。④

---

① 语出《新约全书·约翰福音 19:5》:"耶稣出来,戴着荆棘冠冕,穿着紫袍。彼拉多对他们说:'你们看这个人。'"(和合本)。

② 语出《新约全书·马太福音 19:13》中彼拉多的妻子对彼拉多说的话:"这义人的事你一点不可管,因为我今天在梦中为他受了很多的苦。"(和合本)。

③ 此处原文为"lying",有着前文"lying"("躺着")向"lying"("说谎")的语意过渡。

④ 《新约全书·路加福音 23:4》中,彼拉多对祭司长和众人说:"我查不出这人有什么罪来。"(和合本)

球形炮塔炮手之死

从我母亲的睡眠我降落在国家中①,
我蜷缩在它的肚子直到我的湿皮衣②冻结。
离地六英里,离开它生命的梦,③
醒来时我看到黑色的高射炮和梦魇般的战斗机。
我死后,他们用一根软管把我从炮塔冲出。

---

① 此处原文为"the State",兼含"处境""境况"之意。
② 此处原文为"fur",可指"皮衣",又可指"软毛""绒毛"。
③ 据道森(Leven L. Dawson)分析,这首诗的结构与意象出自雪莱悼济慈的长诗《阿多尼斯》(Adonis)第39节:"安宁,安宁!他没死去,也没睡眠/他已从生命之梦醒来;/正是我们迷失于暴风雨的景象,/与幻影持续又无益地争战……"【见 Suzanne Ferguson, ed., *Critical Essays on Randall Jarrell* (Boston: G.K. Hall, 1983), p.238.】

损失

不是即将死去:每个人已死去。
不是即将死去:早前,在例行的撞毁
我们已死去——我们的训练场
打电话给报纸,写信给我们的家人,
而比率上升,全因为我们。
我们死在年鉴的荒诞页面,
散布在五十英里外的山上;
我们跳落在干草堆上,和一个朋友吵架,
闪耀在我们从未见过的航线。
我们像姑妈、宠物或外国人一样死去。
(当我们离开高中,没有他物为我们而死
以估测我们的死亡方式。)

驾着我们的新飞机,和我们的新队员,我们轰炸了
沙漠或海岸附近的靶场,
向拖靶①开火,等待我们的分数——

---

① 拖在飞机机尾供高射炮或战斗机作射击训练用的靶。

然后转为接替队员,然后在一天早晨
醒来,在英格兰上空,进入激战。
别无二致:但如果我们死去,
并非意外,而是一次失误
(一个人人易犯的失误)。
我们阅读邮件,数着我们的任务——
驾着起着女孩名的轰炸机,焚毁
在学校里了解到的城市——
直到我们的生命耗尽;我们的身体横陈于
那些我们杀死而从未见过的人中。
当我们持续够久他们给我们勋章;
当我们死时他们说:"我们的损失甚微。"
他们说:"这有地图";我们焚毁了城市。

不是即将死去——不,从未即将死去;
但我死的那晚,我梦见我的死,
而那些城市对我说:"你为什么要死?
如果你满意,我们也满意;但我为什么要死?"

临时兵营

(1944)

夏天。日落。有人
在厕所吹陶笛:
你是我的阳光①。一个剃须男人望着
——目光越过休息室,越过俯身于
食堂院子 G.I.甜菜桶的
夜炊事兵——满是 24 型轰炸机的
跑道上红的绿的灯。
首次夜航随着一声吼叫飞上天空
而消失,一颗星星,在群山之中。

隔壁门,休息室的收音机打开,
说着:"与你相关的是,你是真实的。"
这人看到自己的脸,在蒸汽的斑点的镜中,
在肥皂泡中是黝黑的:它是真实的。

---

① 《你是我的阳光》是吉米·戴维斯(Jimmie Davis)和查尔斯·米切尔(Charles Mitchell)在 1939 年录制的一首流行歌曲。

而其他人——穿裤衩的男孩

在他的行李袋里搜东西,

一条腰包带环绕他的腰——

门口传来声音:"C.Q.①在哪儿?"

"谁想知道?""他去看电影了。"

"告诉他,莱德要他在他的单上签名"——

这些发生着。什么?发生着。

     "耶稣基督,好一个训练场!"

一个未及格的炮手对一个

未及格的炮手说个不停。这个人

放下他的剃刀,靠在窗户上,

面朝这训练场模型,

灯光中,黑暗中。他的喉咙紧缩,

他的嘴唇浮现一种隐蔽的微笑。

他想,多少次梦到我回来……

他脖子后面的汗毛立起。

他只打着哈欠,刮完了胡子。

当那炮手问他:"你什么时候离开?"

他说:"我刚来。这是我的训练场。"

---

 ① 负责营房事务的士兵。

而沉思:我永远回来了。美国,美国!

他伸出手触摸它——

与它相关的是,它是真实的。

齐格弗里德①

在炮塔玻璃大圆顶中,那幽灵鬼影,死亡,
框在瞄准器玻璃中,战斗机闪烁的机翼,
柔软耀眼,一团空虚的火。如果高射炮的点点墨迹——

分散的,统计学的——炸弹丢失的图案
是死亡,它们是玻璃下的死亡,对于昨天某人
明天某人而言,是一种偶然;而来自那里、
不在那里的战斗机的流火,
没温暖你,也没焚燃他们,然而他们死去。
在皮革、毛皮和电线下,在炮手的头骨中,
这是一个梦:而他,窥察者,内疚地
看着那人,那行动者,他天真又无辜。
事情所以发生,因为它确实发生。②
无须理解:如果你仍在我们
这年的战事,作为一枚子弹,一个生命

---

① 本诗题与瓦格纳的歌剧《尼贝龙根的指环》中的英雄同名,诗中的某些细节呼应那部作品,如岛屿上"这些地图的龙",及结尾"你品尝了自己的血"。
② 出自维特根斯坦《逻辑哲学论》中的命题6.41。

通常不可或缺,而特定而言

可有可无——只为了进入

视窗这么多的海里,这么多的英尺;

为了瞬息间启动理解之钢铁①。

如他们所说去做;如他们所说,总有一个理由——

然而这并非为你,亦非为风、速度和压力

那些不足道的事实的致命知情者。

(自然界没有左右对错之分。)

因而炸弹落下:穿过云层落在岛上,

这地图的龙;而岛上的战斗机

从废墟中奋起,穿过盲目烟雾,飞向机群——

鼓翼中被死亡器械击得粉碎。

然而,在绝对可靠无懈可击的机器

里面,钢皮,玻璃,弹夹,

任务,职责,以及——当然——死亡里面

只有你;这天真的生命

将它的疲倦、孤独和诸多愿望凝成

---

① 理解之钢铁,可指瞄准投弹器(根据轰炸目标、飞机飞行高度及速度、风向风力等条件,计算后可准确投弹的装置),也可指操纵"钢铁"、如同钢铁的士兵肉体。

你全部的心愿:"让今天如同以往。
让我微不足道,让我所做之事对任何人,对
任何人都微不足道。让我如同以往。"

现在你回家了,永远,几乎如你所愿;
如果你重要,那几乎,如你所愿般渺小。
如果一切已变,你,仍有你的心愿
且幸运,如你对运气的估寻——真的,很
幸运。
如果有所分别,如果你有所分别,并非
有别于那些生命那些城市;并非
有别于世界的战争,正义或不正义——世界
的和平,战争或和平;
而是有别于另一场战争:写着你名字的炮弹
在爆裂的炮塔里,你血液的晶体
溅在裹身的钢片,时辰背负
那安静身体归返基地,它的使命已完成;
而迟钝的肉体坏死,可怖的死肉
终被抛弃——醒来,你的腿没有了,意识到
这个梦,这古老的、古老的梦:它发生了,
它发生如其发生,如其发生,如其发生——

但并非因为你,外科医生的刀子,
剧院的薄雾,魔镜中满脸胡须的
衰老面孔写着;如果你醒着而理解,
总有护士,腿,麻药——
如果你理解,有睡眠,有睡眠……
读到胜利、销售和国家
在已然更改的地图上,在阳光照射的报纸中;
以皮革、金属线和柳木做成的
一条机灵的腿朝着厕所蹒跚;目光穿过
草坪和树木,凝视空无,凝视当他们
把目光移开你的目光也从自移开的眼睛:
你又
再次,被投落在外面的尘世
——现在你要做什么?我不知道——
就这些。如果,优柔地,站在

粉刷过的法院旁边,在枝繁叶茂的街道上,
你会望着在家中回望你的人们,
而这有所不同,有所不同——最终你领悟了
你的世界:你品尝了自己的血。①

---

① 在瓦格纳的歌剧《尼贝龙根的指环》中,齐格弗里德品尝了巨龙的血后能听懂鸟语。

航空母舰

来自航空母舰的飞行员

被绑在闪耀的轮子的中心,
他雪白的肉体倚着筋疲力尽的罩体,
他撕扯舒适的扣子,他湿透的呼吸
雾化鲜血发光为火、变暗
成烟;他被痛苦地困在那里,
在火和闷息之中,奋力挣扎,自由地
进入上空的阳光——
又降下,空中安静的一束,
向温暖,向空气,向清醒的里程:
向他生命壮烈的绽放,保留
他悬荡岁月的半球。在漫长又缓慢的摇摆中
世界稳定了,而几乎静寂……
他孑身一人;悬于脆弱、

单独、疏离的知识中:一只孤独的眼

读着孩子的首次涂鸦,航空母舰的尾迹①——

一次未击中②所荡开的乳状圆圈

在植物般的烟气精灵旁边,烟气

在小甲板上,遮住小火焰,那火焰

犹如玩具,如翼枪的闪光,

亮耀如带着太阳标记的、趋近而渐大的

脆弱飞机,那擦拭过的银,弹尖喷着烈焰。

---

① 此处原文为"wake",另有"守夜"之意。

② 此处原文为"a miss",除了"一次未击中"之意,又以其另一义("一位女士"),加入此句对"母性"的指涉。

飞行员们,各就各位

拂晓时分;而口簧琴①交互锯切之歌

在星光下弹拨,飞机们收翼于空茫的、疾风

吹打的狩猎道路的背风处——

一条空中之路,那炮塔转动枪弹泻出

去往无处之路,被千种必然的夭亡

长久地暗蚀,死亡呼吸着,如

千个蜷睡于死亡朋克的人

身旁的火苗:缓慢的、梦游的无线电通信师

穿过他们地下和海外巨大飞机库那臃肿悠长的、

光线劈开的幽暗,钻入

永远黑暗的庞大舱体;经过

洗衣间,涡轮机的蒸汽——在飞弹、

面包屋、弹头、手表状的钢鱼②之下,去往

船身最后的金属板和空气:大海

随被睡眠麻醉的原始灵魂晕眩的、盲目的、

---

① 又称"口簧""嘴琴",一种古老乐器,弹奏时将乐器衔于牙唇间以手指拨簧发声。

② 指鱼雷。

摸索的晃动而晃动,那危险的生命——
睡梦中搅动战争,煎熬自己赢得的、年复一年
延展、饱饮死亡之血的海洋,动荡
进入地表顽固角落的
盲目的黑半球上的半球①。

在这儿,在可怜的、阴冷的、疑惑的拂晓薄雾中
巨人的口簧琴尖叫着它的双音符——
一遍遍,一遍遍;瞭望员,从波动着
进入耀眼云层的战斗机群的咆哮中,抬起
他被擦洗过的僵直目光,
凝视光线的东方、空洞的白昼。
但在雷达管上,袭击者们振荡着,以每九秒
或每十三秒一英里之速
奔往目的地,送去预料中的首次爆炸;
奔往那个胃部有杯咖啡的男孩,撕裂他
腹股沟上轻便的大扣带,
变换他如热水瓶晃动的筷子的重量,当他
以胸腔抗拒吼叫舱面的气流
而,最终被锁在透明圆罩中,希望,

---

① 此处的半球,或许指飞机员在舱体中的半球空间。

顺着冒泡多风的道路诞生于空气,在那儿,

他孤单无依,仍在世界

寒冷的、茫然的探寻翻滚之上。

这航母被缠于它白色涡旋的尾流,

灰色之船在暗蓝的大海之中闪耀,

小航母——高射炮喷发,

一击,歇斯底里,巨火。

穿过种种闪耀的光,染色的卷云,

像水在碗里翘起的震颤空气,

一颗颗蜿蜒的红色曳光弹——瞬息生命

吞并整个天空的殖民群体——

搜寻出它们已奔赴的一种终结,

正变成一种

纯粹的名誉污点,而消逝于

机翼折断的袭掠者疯狂抽搐的

旋转中——那战机将它

燃烧的风筝尾拖至波浪中。一次

没击中,造成近处的、近处的花,小山般的泡沫,

朝天空鼓起,撞回;一个个波峰

仿效船只翻绳游戏的尾迹,竞相而起的浪涨,

从飞机淬熄的火焰中发出嘶嘶阵响:

在那里,在物质终结和物质终结的、

人和人的千次会面中,

奔跑于波浪上的足迹被追溯……

那吉尔①划过它盲目的、漫长的、难以承受的

路线进入火中(海浪卷过它,在其之上,满天

是曳光弹和高射炮的污垢,及

炮口喷出的弥漫海水和天空的火),它

越来越近,越来越近;而那战斗机对着它

在高射炮中燃起火焰,持续射击的枪炮为他的

机翼缝上长线,他的起落架

落下,他抖晃着俯冲,而他的尾随者攻击着,

然后他折断了,翻着筋斗落入大海。

在遮蓬沉闷的暗绿,那

晦暗的苍穹之下,他挣扎着,为了

浮流于令人窒息的白色中,为了呼吸——

他硕大的腿漂浮着,不能移动,

他的护目镜被自己明亮的鲜血染黑了——

在黄色筏子上,望见他的航母

仍在开火,但它本身即是一团火,随着

---

① 吉尔(Jill),二战时盟军针对日军中岛制"天山"舰载鱼雷轰炸机(Nakajima B6N "Tenzan")所起的代号。

船尾爆炸,炽白,机群火柴般抛起。
此时,甲板巨火上方,焰火四处拱起,
炮弹抛离,残骸满地;它的钢身
在蒸汽中没入海水,在最后的压倒性的
巨响中,舱体爆炸;而后沉寂。
那艘船,一种声望,最终沉入海中。
那飞行员忍痛从大海旋舞的窒息
浓烟中,抬起他的条纹脑袋,
怀着愤恨、渴望和痛苦而啜泣——
海面涨起,又停息;那艘船已消失。

飞机们飞走了,寻找着一艘航母,
驱逐舰群在搜寻的长弧光中
绕过航母的死者:那晕眩的、呕吐的、
油黑的、烧伤起泡的、被救或垂死的士兵
用攥紧的颤抖的手指抓住他们
原初生命伸来的、压低的绳索;那飞行员,
裹着毯子醉倒,竭尽全力
咽下一大杯,杯子如石灰刮擦嘴巴,他
最终明白了,明白了;他颤抖着,打着呵欠——
疲惫、极痛、创伤又厌恶无力——
他呜咽着,打着呵欠,头往后仰,进入梦乡。

阵亡的僚机①

海面看得见,没迹象;没迹象,没迹象,
在雾中错落的小山的
黑冷杉和梯田中。山锥变小,雪
从巨坑荒壁闪着耀眼光芒。不。
再一次,那些房屋痉挛如纸,转身吧,
而巨浪涌过:玩具般的港口
火焰和面容星星点点;但没迹象。

在水平的光线中,在炽热的海岸上,
飞机执拗盘旋:眼睛膨胀,噙满
愤恨、苦痛和渴望,凝视
变暗中的海洋,搜索着一具尸体。
火焰忽明忽暗;刻度盘坠跌,

---

① 僚机(wingman)是编队飞行中跟随长机执行任务的飞机,其在规定的位置执行长机的命令。如空战采用"双机制"(长机和僚机)编组时,长机对敌机进攻时,僚机负责观察、警戒和掩护;但当僚机所处位置更有利时,两者的角色可互换。

一阵干燥又长久的颤栗爬上他的脊椎,
他手指颤抖;但他冷峻又恒久地
扫视,无法接受现实:我有一个朋友。

火焰变灰:没有星星,没有迹象
眨眼,从航母气息的黑暗,在那里
飞行员绕寻着僚机;在那里,滑行于
城市的外壳上方,诸国的余烬中
一只执拗的眼,痛苦地
划着疲倦的、恒久的不的圆圈——众生长久的
战争,迷失的战争——飞行员在睡梦中。

焚信

(一位死于太平洋的飞行员的妻子在他死后几年
说。她曾是一个基督徒,一个新教徒。)

在我的脑海,那为你而留的家中,
你依然如故;火焰,自海中腾起
而波面幻变:航母,被撕裂为两半,
沉向它的机群——具具尸骸
灰烬般,撒落在倒映星辰的大海;
被收集起,连同重物缝住,沉下。
收集者们散去。
    从大海黑暗的
无法估量的平静,宇宙
永恒的循环中,这些信件漂到这儿,
我的手中:那浮现于剪报
凝定而泛黄的脸,深切地注视我,最终是
一个孩子的脸;而舔着的唇
在最后的询问的微笑中启开。
那些费劲又可怜的回答,仍没回答;
那些隐逝的问题——我曾想,问得

那么多——问得这么少;变得更年轻,

更年轻了,你,当我的眼睛变老,当

那个被空想的、被哭泣的妻子,

你最后的恒定之乡,转变,始于你对

自己生命的丢弃——部分责难

部分丧失,孩子的责难丧失,恒久地——成为

我陷于困境的单独存在。

一个孩子有她自己的信仰,孩子的信仰。

以种种野蛮形象——渐渐消耗,最终消亡——

人的一生流出,不外于地表,

不出自大海,那最后的毁灭性的大海,

而在死亡之外:死亡由人而来,①

而他的生命从死亡,从那人的死亡涌出。

搜寻的肉体,破碎的血

在大地坟墓里闪着微光,光的、黑暗的

搜寻之翼下面掘洞的生灵们的

食物:舞蹈着,舞蹈着,

烈焰以最后的锐利的恩典攫住肉体——

攫住,如众生已攫住:被搜寻者

---

① 语出《新约全书·哥林多前书 15:21》。

拽下搜寻者,为其未用的生命,被分离为
晚于一切律法的血和脉纹黑面包的
生命。那孩子颤抖,衰老:
凝视的救世主,俯身于她的紧攥,
他的灵爪随他自己交出的肉体而抽搐,
苍白,闪烁,暴怒。黑暗中——随
萦绕的光的余像变暗——
垂死的上帝,被吞噬的生命
是我夜中醒来的梦魇。

(火焰在生命上舞蹈。哀悼的奴隶们
在其黑暗的秘密中,来埋葬
被困于另一具肉体中的奴隶,被
另一具肉体一度释放、永远释放的奴隶:
光闪耀着,用它的永生
映红并清洗那消极的脸庞。)

生灵们

被喂给他们的胜利的黑暗;
一艘艘船沉下,被遗忘;而大海
朝黑暗燃烧:生灵们无法探究的
死亡,黑暗地铺在生命之上,
生命,被死亡买走,被爱着被折磨着的生

灵们,

  漠然,向西凝视渐黑的大海。

  在死者的铭文中,在未启封的历书中,

  那脑袋,被烧焦,无特征——无名的卑贱者——

  被冲出水域,如一种传闻,随着

  它那极痛的兽性的尖叫,从它最后的

  存在被撕裂开。哦,我一生的死,

  因为你,因为你,我没死,

  以你的死我活下。

    大海空寂。

  正如我空寂,翻搅那些被烧焦被应答着的

  疑惑,关于你的家,你的妻子,及伴我在家中

  ——在家中随岁月变灰而老死的

  你的猫,岁月的光线微闪,在你的头上,在

  绿色大坟墓中——在那里你

  年轻,仍未接受。我困于你的死亡,

  在自己和你之间,在你的生命和自己的

  生活之间抉择:一切已结束①。

  在我的脑海

---

 ① 这里回响着《圣经》中对耶稣的死的相关表述。

有地方给予你裹于尸衣的黑色躯体,给予
与你的胸骨相熔铸的狗牌,给予在你的死亡、
我的生命和我生命的世界之上
这卷绕的火焰。这些信件,这张脸庞
依然翻动,有时,伴随你炽热的呼吸——
带走它们吧,哦,坟墓!我所有岁月的大坟墓,
丧失一切生命的无生命宇宙,让
你的记忆,成为那个接受又被接受的、
我在此掷下其碎片的生命的记忆。

囚犯

勒夫特战俘营①

在院子里,箱子的旁边,

我拿着弓在沟渠里;

而火车汽笛长长的哀鸣

在山谷下面呜咽,

直到我的兔子啃噬的声响

是草叶痒痒的影子,

而我晕眩地躺在我的

---

① 诗题为德语"Stalag Luft",是纳粹德军有名的战俘营,其中3号战俘营在二战期间用来关押被俘空军人员,曾发生多次逃亡事件。据 J.A.布莱恩特(J.A.Bryant)对此诗的解析,这是一名被俘的美国飞行员回忆他小时候做过的游戏和梦:他和他的宠物兔在草地上,然后被印第安人俘虏,而印第安人对他的坚毅感到惊讶。【见 J. A. Bryant, *Understanding Randall Jarrell* (Columbia: University of South Carolina Aiken Press, 1986) ,p.57.】

光晕,一个起绒的回音中。

透过彩虹睫毛我看到了
我远袭而来的捉拿者
有条纹的动人的凝视。
(身有斑纹的野马吃着草
在乳白色绑腿的褶裥旁。)
在一些热切日子后
他们微笑了,而让人麻木的带子
从我的手腕,被带着赞美割断。

当我醒来时,兔子正慢慢
朝固定笼子的木头
啃出粗大的参差的咬痕,
而黄昏已染灰鸡场棚子上
缩成一团的白色来亨鸡①。
火车在下面为俘虏们
哀悼——一个稀疏的回声……
现在一切又回到我的眼前。

---

① 一种著名卵用鸡品种,原产于意大利的来亨港。常见的是纯白色羽毛,嘴和脚都是黄色,耳部白色。

犹太人在海法①

货船,生锈然而快乐,
沿着海岸航向港口一个光秃的码头。
从烟囱的阴凉处(葫芦的
藤架,先知从那里,不信任地,
察看他的旧敌们,
这大地的生命)我细望

裹在这片海洋的蓝色火焰
扶手边的数百人,
他们凝视着,直到他们的脸色消失在
他们的应许之地;无声地
看着沙袋间的机关枪,
在阳光下眨眼的、膝盖肿红的士兵们。

一挺机关枪之外
是有着我们脸孔的人:我们

---

① 以色列北部港口城市。

被白日的熊熊烈火撕裂——

直到我们感觉到我们最后的知识——所有人

希望我们死去——那些磨损的、

被命名的石头移动,被扭断。在这里,

在欧洲坟墓的边缘

我们相信:真的,我们没有死;

希望,在我们看来,似乎

是可能的——甚至仁慈,对此世之人,

对此世的犹太人,

也是允许的……但在塞浦路斯,这红色的大地,

座座临时营房,那颤动的

缠绕我们的铁丝网,我们死亡般

熟稔。整晚,大火

把它们的火花飘向黄色的星星①;

光从踩高跷的钢塔

扫过我们。我们低语:"我们之地。"

---

① 黄色的星星是犹太人的标志,二战时犹太人被强迫戴着这个标志。

我们之地；而石头们落在家中。

没有希望；"在这整个世界

没有其他的智慧

除了我们的智慧：我们理解了这世界。"

我们沉思；但希望，在恐惧中

寻找一种怀疑，而低语："真的，我们没有死去。"

囚犯

在营区的铁丝网之内,卸下垃圾筒,

这三人穿着肮脏的蓝色丁尼裤(其后背白色的"P"

把六码宽①的寒冷北方送到支架上的步枪

转换着的幽暗视野中,送到打呵欠的守卫的眼睛中)

整天被惩罚,整月被惩罚,整年

装载,卸载;发出他们孩子的、野兽的——绝望的叹息,

忍耐的叹息,存在的叹息;漠然注视

炽热平原的尘埃,注视那个穿卡其色军服的大个子守卫,

注视穿着肮脏不像样的绿军装、奔跑或爬行的士兵们。

---

① 译者猜想,应当是指步枪准星瞄准囚犯时,囚犯之间或某个囚犯移动的距离。

因犯,守卫,士兵——他们是一切,以他们的方式,被训练。

从这些瞬息,周而复始,将会建造起我们自己的新世界。

哦,我的名字就叫山姆·霍尔

三个囚犯——最大个是黑人——
　　而他们的一个守卫
站在排水沟上的新桥旁边:
　　他们再次听那波段,

它的进行曲每天此时的噼啪响
　　来自岗哨的扬声器。
飞机在上空嗡嗡响;夏天的云朵
　　飘过,又消失于

他们和全体人员已征服的空气——
　　但囚犯们仍然站立
在列队行之后听一小节。而后
　　他们在沙地上跋涉

走向那些散乱的草,蓖麻灌木丛,
　　和洗得发白的岩石,
对他们来说,这些代表军队和秩序

(尽管他们的树枝、袋子、

烧伤的松弛的脸和缓慢的走路——
　　警卫正微微打着呵欠——
都判然有别,似乎四人在打一场
　　他们自己的战争)。

有一刻他们寻找残羹;一个吹着口哨。
　　当警卫开始用他
迟缓的山地音调,唱《山姆·霍尔》①,
　　他们都停下,咧嘴而笑。

---

　　① 一首英文老歌。

普鲁士森林中的一个集中营

我在囚犯们身旁走向那道路。肿胀的
负载上还有负载,
他们的尸体,像湿透的木头堆放,
或被血染红,羞辱地横摊

在烧焦的仓库旁。今天没人来到
用老办法
把他们牙齿的填充物敲掉;①
黑色的、锥形的、普通的花圈

为他们的坟墓而编———一种悲楚。
新鲜的叶子
如果它可以,贴附这些种植的、
赚钱的松树;

树枝叹息着,里程在绿色、平静、呼吸的里程上,

---

① 指把尸体牙齿所镶的金(银)牙敲掉。

据此死亡档案

规划者为他们作出裁决……一年间

他们往这儿送了百万人:

在这里,人们烂醉如水,焚烧似木头。

善和恶的

脂肪,胸腔的希望之星

炼化为肥皂。①

我涂染我从黄松锯下的星星——

并把这标志

种在土中——土地尚未拒绝

平常的犹太人——

他们最初的庇护。但那白色的、萎缩的星——

这死寂的白星——

不隐藏什么,不祈祷什么;烟

弄脏了它,一个黄色的玩笑②,

---

① 纳粹曾提炼犹太人的尸体脂肪制成肥皂。
② 并非中文语境的"黄色笑话"之意。

花圈上的松针尽是灰尘,一种
迷蒙的垃圾
让黑森林堆满人们的
死亡;而最后一个气息

因恐怖的烟囱卷曲……我放声
大笑,一次次;
那颗星,自它腐烂的裹尸布
笑。哦,人类之星!

营地和战地

摇篮曲

生命为了战争,这士兵卖掉了
半个世界远的家庭和日子。
他学会为自由和国家而战;
他和七个人睡在六英尺的空间。

他捡起火柴,又清理盘碟;
像孩子被哄骗,如野兽被诅咒。
他们剪他的头,他的狗牌①响动像绵羊
当他僵硬的肢体疲倦地入眠。

在梦里或信里被忆起,或者被忘记,

---

① 美国士兵在随身携带于胸前以标明自己身份和名字的牌子,被俚称为"狗牌"。

他的生命窒息如墓茔,灰蒙蒙;
他钝滞的剧痛如苍蝇①的
苦痛,让历史躺卧的琥珀斑驳。

---

① 此处"苍蝇(fly)"又暗指士兵的"飞行(fly)"。

邮件呼名①

只是,这些信件总在回避手。
有一封如石子划出光束,像鸟坠下。
无疑,信件从之发出的过去
在未来等待,经过坟墓?
士兵们全被他们的生命所盘萦。

他们对同类的诉求在纸上满足,
这建立一种存在,像一种气味。
在信中,在梦里,他们看到世界。
他们等待着:而岁月皱缩为
一只空手,一个未发出的声音——

士兵只盼望他的名字被叫出。

---

① 军队中,士兵们集合起来,等待从发邮件者那里收到邮件;发放者会依次喊出每个收件人的名字。

公假在外

营房里的灯正开始熄灭。
它们会留着,或再亮起,如无眠的空洞,
但只是一会儿;然后窗户变黑
为士兵生命的所有时辰。

这是他的身体与之相融的生活。
他用枕头盖住耳朵,开始漂流
(就像军营汇入天空的羽流)
经过别人的笑声、争吵和呼吸

进入天真的乡野,在那里平民
无能地死去,在他们的余暇,不为什么……
跃过茫然的苍绿的弯道
让他沮丧,还有人们为自己、有时

为不在的士兵而哭泣的村舍——
他为了鸟、为了鸟缓缓
穿过猎人匍匐的树篱;他在女人们

点起的缓慢的小火焰前狂喜地

转动他出浴时可爱迷人的四肢。
他打着盹,洗过的头发像亚麻
垂在黑脸上;那不指责的、
即使梦眼也从之移开的眼睛

望见风吹过烟囱,温暖了双手
伴随所佯装的花而白色的,是雪……
如同熊,他在被施魔的睡眠呻吟,
而他的岁月严肃神秘的生灵——

像树木哀悼他的痛苦的成因——
因他们的孩子而感动,俯下一张为他
展开的脸,甚至无羞耻地
凝视他的眼睛,穿过他的肢体。

而这人醒了,看到环绕其一生的
夜,它从不静息,而随(他一同劳累,
睡眠、死亡的)黑暗同伴的
叹息及忍耐的呼吸——而破碎。

前线

大雾笼罩着基地:诸多光束从五座塔楼
扫射,召回黑夜中身着皮衣的
寒冷的机组人员,轰炸机呼呼巨响
像冰面上失控的卡车。一道
浑沉的光像雾(它有多少吨?)飘入,
弹起,轰鸣摇摆,突然转向钢铁、
轮胎和炮塔,其在颤抖的光中尤显巨大。
下一只在高处,随一声哀号拉起,
又转回来——没用。没用,对于
沿着路程绕圈漂流的其他飞机;编队
不再保持,转到一条更好的路线,
向南嗡嗡飞行,穿过持续的雨。
基地关闭了……但一个声音一直呼叫,
引擎昏暗的着陆线变化着;
轰鸣声顺着不可靠的轨道向下摸索。
对于生命,季节已淬息。在这儿下方
他们请求,命令,没被听到;而听到更晦暗的
声音浮现:你听不见我说话吗?完毕。完毕——
所有的空气战栗着,东方的天空在发光。

那个生病的零

士兵,是否妻子和孩子,舟车劳顿去探望
你灰色的睡衣和忧愁的病脸
让你想起什么?我记得
你在康复,清洗盘子,或者拖洗你
曳鞋走过的无尽走廊;
而在那拥挤的房间你像小马驹
靠着你妻子的瘦肘擦拭脸颊。
但你是某物,数百万士兵中的一个。
我怎能过于关切你,或挑出你,在
其他人之中,他们被别人所爱
并送去为他们而死?你是某人买来
又丢失的一张票,一头迷途的动物:
你甚至失去被征用的权利。
我看到你无助环顾,在历史中,
困惑着,伴随你可怕的同伴们——痛苦、
死亡和帝国:你领会了什么,死?
士兵们,是否你们的价值,是人们所说的
如此乐意耗尽的一切?当然,你们的一种理

念,活着,
　　　对诸世纪的实践而言,滑稽荒唐。
　　　国家交易中需要什么,
　　　除了生命,你们的生命?——一种商品。

休假

蜻蜓穿过冷杉林——它们的杂草是蕨类植物
棕褐,四英尺高——到三英尺宽的白杨那里。
啄木鸟倒着身子,敲打松果——
驴子系着铃铛,轻闲穿过森林,
鹿踩着草叶细长的最后的草地。
但植物进化成一块岩石,
悬崖,如中国墨,对这场景习以为常;
一棵飘举的冷杉,在裂缝坚持,
必定在它的根处庇护一个肥胖的哲学家,
他将这灰色的上方世界化为他的静默。

但他失踪了(也许死了,也许成为囚徒)。
冰冷、轻盈、静寂、半沉的浮冰
往南流,从山顶:七座山脉。
下面,是训练场,昏暗的场地——而战斗机
发出它幽灵的低鸣转向它们;
苔藓路下方,是岩石和岩石,水泻下——
尘粒舞蹈于一个松鼠成群的自然。

沙漠靶场

蜥蜴奔向它的小猎物,一天中
一人骑马而过,在这里他们
建了飞机库:一个大陆
教导应征士兵其不受欢迎的意图
用散乱的火焰,歌唱的铅弹——
活人和死者的议案。
受伤的炮手,完成了他的任务,
在靶场阳光中茫然射击;
而那职员,弹带如链条悬挂,坐着
流着汗弄他的战时工作。
冷酷的编队轰炸——一次次,又——
月球平原的火山口……

这一切荒诞有趣:士兵凭借
突袭演练获取报酬——袭击
极速耗尽城市,一国不留地
让焦炭呼唤另一国的
另一处;直至更惨淡者

最终,毫无怨言,划割
劫掠物予征服的一方。
方程式不能有两力相抗。

利益和死亡临近边际:
只有哀悼者和被哀悼者追忆
我们输掉的战争、我们赢得的战争;
而这世界——丧失了原本。

蜥蜴的舌头愤怒地
舔着苍蝇破碎的膜翼。

第二空军

远处,在夏天晒干的平原上方,
飞机库的大圆环像小山摇摆。
巴士,疲惫失落,打盹的士兵们靠着
铁丝网,光秃的框架建筑,而一个过道
通向她的至爱;她的头遮住他的方臂章
而她心绪难平:我的儿子已长大。
她看到了一个世界:沙路,焦油纸营房,
跑道冒泡的沥青,鼠尾草,
延展于无尽视界的沙丘,
云一样在云上移动的昏暗飞行。
军械士们穿着补过的、褪色的
因汗渍变硬的绿军服,缠着弹带,
走到那行列;他们的堡垒,皆尾随着,
用它们的瘦腿错误又脆弱地站立,
而机组人员笨熊般爬上它们。
那个脑袋缩回它的舱口①(一个男孩的),

---

① 原文此处"hatch",除了"舱口"的意思,还有"孵化""(小鸡)一窝"之义,因此这里暗示"生命;出生"等意义。

引擎升到盲目的剧烈咆哮,

绿色的、人造的野兽们奔往空中的家。

此刻,在各个方面,死亡是纯粹的。

(暮光中,人类之上,它们像眨眼睛的星星。

而一个个时辰,整整一夜,有人看到

巨束光线——从火星①,从火星漂入。)

观望者们无比空虚地目送着他们离去。

他们离开了,寂静无声;那女人和她的儿子

站在阴影的森林中,而光

水一般洗着他们。在久已沉没的

暮晚之城,阳光,宛如睡眠蒸馏着

被溺者微弱的奇迹;在傍晚之中,在

最后的梦游的光中,如此新鲜,如此古老,

士兵们像野兽一样走过,混沌盲目,

而这观察者瞬息间明了

此时此地无须理解之物;

但她从她的认知醒来,而她的凝视,

此刻是个影子,在诸多影子中

---

① 火星(Mars),得名于希腊神话中的战神玛尔斯之名。

空虚移动,朦胧的野外影子们

了解空虚的任务。

     追忆着,

她听到轰炸机呼叫,小朋友! 对

悬在敌意天空的战斗机,

而眼望参差的火焰吞噬一根根肋骨,

沿着金属翼进入她的心:

一个个生命流出,开花,稳稳漂向

大地的火焰,人类土地上

星辰般燃烧的火焰。

她从吸收一切的暮光保存了

一个中队的运输,在它最后的检阅中——

狗儿们跑过它,对队伍吠叫——

一个炮手半睡半醒,走向他的兵营,

开始于某事,蹒跚(上方,看不见,

在天空稳定的严冬中,飞机人员

在他们炽烈的皮衣中颤抖);而她由此感到

生命对生命的爱。怀着希望的细胞①

---

  ① 此处原文为"cell",除"细胞""单元"义外,另寓"小室""牢房"等义,暗示飞行员所在的空间和处境。

因他人之死而沉重,那寒冷的、载着别人胜利的
运载物①摸索着,穿过他们的生命
进入她自己的困惑:岁月意味着这些?

但对于他们,轰炸机回答了一切。

---

① 此处原文为"carriers",又指航空母舰。

信风

升起的太阳

断层上方那卡片房子
在一个梦中溢出;你母亲
头发的阶地内倾以藏起木枕,
光滑又令人目眩的头
在那儿晃动,一朵五色的云。
黑松上方,云带缠腰的最后顶峰
像锥形的稻米,在星光下被刷过。
明亮的火焰摇曳于盆中;
地板,被子下寒冷,
把狭窄的地面压进你的梦里。
大鲤鱼,一只风筝,遁着它的线
径自游向你:但你正在那里骑乘,空中
一个太阳,纯净的天穹

从世界之上的六角屋顶①俯视。

壶发出嘶嘶的笑声,你鞠躬着,

月光的字符是你的名字

穿过房间裸露的古老秩序,

而你醒来。在你布满稻田、侧缘是海的平原上

雪片像花瓣,从顶峰吹到顶峰;

花瓣从顶峰飞到顶峰,宛如雪花。

矮小的、盆栽的樱桃,随着海风

而歪斜,月光下有霜:孩子,

追寻的鬼魂们为爱聚集于此,

在水滴落之处,一个持续的愿望;

浪人高视而过,佩带双剑——

杀,杀,而没死去;

你举起,正像你已举起,你的木剑——

两手紧握的巨剑;而你肥硕的胸部

闪亮,颤抖,裹着你的学校

拼缀缝补的盔甲……

在这舞台,即使墙也是丝织,而

---

① 在传统日本人心目中,"天"的形状类似日本建筑的六角屋顶。

随一种意志摇晃;颗颗头颅来自腑脏掏空、

跪着的子嗣们,墨守成规地滚动。

因而人被迫驯服,直至甚至他

公牛的内心那最古老的、

无须言明的愿望,也凭借死记

免受拷打者之害——拷打者在其道路

光荣可敬:而这是你的道路,孩子。

文书们起绒的墨汁,言说

他人命运的算板,一生又一生;

米团配以少许肉

或梅子,或花,因而得名——

是否这些是武士的礼仪——他

让一个四岁的蓝衣孩童,

向父辈及他们的父亲,冲突鞠躬?

但战争带来了一切——士兵来自人们

进入死亡愿望:引渡者①,

---

① 此处原文为"Deliver(引渡者;拯救者;交递者)",暗含像邮递员那样的投递(投弹)之意。

把孩子的白色骨灰从西方旋卷进

岩旁的神龛:哦,道路,

将抽搐的身体引向火焰,把丧服带到

盲目的烧焦的死者的

庙宇,它从你的梦中醒来,

在一只漆盒前,吸进了最后

这股枯燥的烟,在

这虚弱鬼魂的记忆中。

新乔治亚岛①

有时,当我醒来,我发呆时,星辰旁边的
树枝,对于我,是我的监狱栅栏;
虫子们爬过毯子,毯子像战争之前
旧牢房里的床一样坚硬——

在那些日子,没吃晚饭,我在睡眠中呻吟,
带着殴打的条痕,艰难困累的旧梦
锁链般覆于我的四肢;直到利用我的世界
和一年将我弄醒,此时我学会了服从。

在用合众国刀子划出的树干刻痕旁,
狗牌链随风翻动;而我睡眠,
被付钱,死去,一个士兵。为自己生命而战者
失去它,失去它②:我为我的世界而杀戮,此
刻自由了。

---

① 太平洋所罗门群岛的岛屿,属于新乔治亚群岛。1943 年,美军对驻守新乔治亚群岛的日军发动夺岛战役,并取得胜利。
② 这里与《新约全书·马太福音 16:25》"凡救自己生命者将失去它,凡因我失去生命必找到它"相关。

从新不列颠群岛到布朗克斯的地铁①

在兰花之下,如兰花蓬勃于

最初黑色的空气:在列车连续不断的

闪电中,密集的管道

铺在各州的石头和理性之下;

在兰花之下,兰花盛开,从

街车广告的热梦,从变流器般盘绕

在贸易内脏的黑色欲望,

碎成阳光,在一种耀眼的理性火焰中,

在群岛颤抖的攀缘植物之下;

---

① 新不列颠群岛位于南太平洋,二战时美军和日军在此爆发激烈的夺岛战役。布朗克斯是美国纽约五个区中最北的一个区。苏珊娜·弗格森分析:本诗标题是一个相当阴森的笑话,从新不列颠群岛到布朗克斯唯一的地铁,是黑暗的地球本身,诗中的"麻雀"通过身体的分解回到了地球。【见 Suzanne Ferguson, The Poetry of Randall Jarrell (Louisiana: Louisiana State University Press, 1971), p.77.】

在那淡紫的、繁茂的①纪念物之下,
从让一个生命——它的箱体,它的顾客,
它的基督——具体化的环绕骨架,
雨林那温热的筛萃取它的
一种解决方案②:色欲,折磨,惩罚——
一个人,一个人的分解。

      在这里,花商们的
兰花之下,是地理,和肉体,
一点点水和一点点灰尘
永远是城市的,温和的:在凝视着的
地球东方看来,一个西方死寂无声。

空气培育的兰花,叶子的、渴望的、
岛屿的无异议的交易
为你叹息,麻雀,野兽们③一度在夏天
吐出同样渴望的叹息,对着
布朗克斯的栅栏和人们,它们的征服者。

------

 ① 此处原文为"rank",有"繁茂的""讨厌的""恶臭的"多义。
 ② 此处原文为"Solution",既指"解决方案",又指"分解""溶解"(即人的死亡)。
 ③ 指动物园的动物。

1945 年：诸神之死

明天，在和平中，当你们懈怠的手
在成因上衡量；当矿石锈蚀
而授权之下贮存的石油
从涡轮机中抽出；当生命的灰烬是
已忘却你们智慧发现的
首个人类太阳的土地：哦，火焰携带者，当
你们把我们的骨头从那些地基，运回
想起我们的那些人那里，不像我们过去
（被污染，被湮灭——被遗忘的血管
属于形构我们的愤怒；属于钝滞的
制定戒律的杀人意志，死亡
为不服从者，为我们这些服从者所有）——
人类的见证者，当你们目睹悲痛已枯萎，
死亡被遗忘，而恐惧，爱，
在胜利中被吞噬：你们，命定
人类最后的服从的你们，你们自己
在贪婪无知的强力那未经审判的
首次服从中被命定：你们，永恒诸国，

在你们的阴影下人类已找到人类的
星辰和坟冢:哦,鏖战诸神,
当明天火箭像星辰腾升
大地之上,千个太阳闪耀,
它们在你们诸王国中建立一个王国——
它的法律是普世的,它的生命
从诸民索要一种优先的服从——
是否你们,要从你们的缔造者学会如何死亡?

美国病房

病房印着月光条纹,猫头鹰
　　在落雪的公园啸叫。
结霜的、光秃秃的树枝中
　　风冷冷地溜进黑暗

温暖的病房,那里喃喃的士兵们
　　辗转着,梦见他们仍
为家,为家而叹息;梦见岛屿
　　无止境地延伸

经过他们的生命——他们的意愿,在
　　愤懑的波浪旁,在棕榈树
碎裂而嘎吱响的树枝旁那无尽的
　　窒息的平静中低语。

在本国的床上,在月光之下,
　　啊,你躺着,因发烧
而温暖,熟悉的汗水在挥起的

  手臂下弄污

纠结的脑袋;而启开的嘴唇
  叨絮其古老的叹息,
一缕月光中的薄雾,月亮
  从冬季天空散发光束。

广阔的景象

——看到了广阔的景象,和亚洲的沼泽①——

当轭具得以改进,当人们从
年轻煤层中泵出地精,送往西方,在
亚洲落后的海角,谁已演算——
原始资本的野蛮利息?
那只有尸体才能逃脱的霸权?

当地球翻转,农奴们为羊群食光;
耕地从有契约的人身上解放。
老亚当把钟点卖给了一个市政官
(他用阿拉伯数字,在黑簿册加上);
世人领悟锻造一针必需九人。

星辰引领的商人用火药和钢铁掌舵
穿越龙水,前往传说世界,在那里

---

① 语出英国诗人马修·阿诺德(Matthew Arnold, 1822—1888)的诗《给一位朋友》。

无知人们以利石撕裂心脏。他们
紧系的绳索,将新蔬菜,烟草,以及
以贷款爆开我们矿脉的黄金

运往大帆船货舱,直至旧商品的
编目如基督变象,直至农奴们
和地主们被捶进诸邦——其被有教养的
王子们为锦缎,抵押给精明过
可怜的理查德、粗鲁如命运的放贷方。

何种的贩子们、船长们!商人们投身战争!
在他们的血和镀金下,黑衣修士们
如阴影游动,于神父们或异教徒
殒命之处,以公正的目光
审视火焰,同等地祝福尸体和贸易。

这里的骑士——钢铁骑士,有翼翅相助,
那盐味的、几世纪以来升起的帆——
持有律令:闪耀如铁的法典
在高处的头的空洞下面,使

望而不见的眼睛变白,如硬币一般①,

芸芸生民命丧。他们被记入他的簿册;
对他们而言,如上帝给亚当,他持有工作
和死亡和智慧。他们是金钱。
他们的生命,着迷于世间百态,被
堆放在去往欧洲的船舱;而他们的骨头

耗尽他们的幽灵岁月,绝望而消亡。
诸工厂升起,从海上……母亲和儿子的
凝视越过坑中的马驹,对着
铸铁气息拍打的车轮,对着
穿过瘦骨如柴又赚钱的肉体的织梭;

借助滑轮朝刀子飞旋,大车运送往如梭货船,
穿越岗位、任务,他们生命的长螺栓
出离,报废:肉体绵延到最后那些岛屿——
那里,矿藏和化合物中,食人者
死于他们长期被食的同族的十字架下。

---

① 眼睛、硬币与死亡的联系,可追溯到希腊的习俗:人们在死者眼睛上放置硬币,作为付给冥河船夫"卡戎"的船费,如果不付,死者的灵魂就无法渡过冥河进入地府。

万物相残而亡。而飞机们从岁月中升腾:
此时,西方,或西方,诸城皆焚,
欧洲,殖民地之殖民地——
此时,人再次将人视为人的食物,
他们赤裸的生命是他最后的商品。

美拉尼西亚①的死者

在火山口和衣衫褴褛的棕榈树旁边,
贸易风,古老的贸易风②,当地的圣诗叹息:
但他们的人神在他的舷外浮木上,
像鹦鹉螺翘起的野猪獠牙,
落在为黑鬼而航来的纵帆船上。
对于此处的自然,此般死亡如同寓言;

然而,这世界运行,粒粒谷物,进入坟茔
直至油罐般密封的洞中可怜的浪人们
不安于外来的神灵,其
难以理解地带来风筝、雪——
他们腐烂的遗迹。而征服者们

---

① 美拉尼西亚(Melanesia),太平洋三大岛群之一,其名源自希腊语,意为"黑人群岛"。美拉尼西亚人皮肤黝黑,头发卷曲,阔脸宽鼻,崇拜图腾和首领,迷信巫术和占卜,有专职巫师和祭司,但后来部分人改信基督教。
② 即信风,见本书引言作者对原文此处"trade"的说明。

在芝加哥、得梅因①和夏延②藏起

一种技能,带着它被埋在这里。
围拢的土地,误解他们的成功,
将高大陌生的人们带至心脏,如诸多失败:
每个传教士,携着其根基和十字架,
在一个未被占领的滩头的血中争执;
而群岛混淆了他们和它们自己黝黑的死者。

---

① 得梅因(Des Moines),美国衣阿华州的首府。
② 夏延(Cheyenne),美国怀俄明州首府。

孩子们和市民们

国家

当他们杀我母亲时,我很惶恐;
我暗自想,这是对的:
当然她疯了,她那样吃东西!
毕竟,她以她的方式,为国家而死。
但我注意:凝视没坐在那里的
他们中的一个,是多么离奇。

当他们挑选妹妹时,我整晚都在说:
"那里的田野更健康";
我会想:"现在我在帮助赢得这场战争。"
当邻居们进来,就像那样,带着我的食物。
而我活着,我活着;但我害怕
坐在那里的他们中的那一个。

当他们把我的猫带给后勤

保障与供应部队,

我和老鼠一起在寒天想起它,

我哭着,我哭着。我想死。

他们在那里,我看到他们,这是我的生活。

现在什么都没有了。我的心死了,我想死。

走近石头

孩子看到轰炸机滑过,像穿越田野的石头,
当他蹒跚地走在夏日撒满
不情愿的叶子的道路;有多少巨人
升起,俯视又消失,路边
蚂蚁们乱扔面包屑并死去。

"那人又白又红像我的小丑娃娃。"
他告诉他的母亲,她已经离开。
"那时我没哭,我没哭。"
天空,飞机们像风一样愤怒。
人民在惩罚人民——为什么?

他随口应答,他呆傻的眼睛
在那个长长的明喻中,照亮了世界。
天使们像气球在他的故事上方摇摆。
一个孩子创造一切——除了他的死——一个孩子的死。

走近石头,告诉我为什么我死去。

天使们在汉堡①

在清空了工人的洞穴,从废弃矿井
变成工厂的废墟里面,
那灵魂沉睡于地球的蜂房之下。
从致命的善恶之梦,从天使般穿过
(世界在劳动胸腔内创建的)
罪孽国家的暴躁法官那里,它
解脱了一小时,
穿过天堂坠落到乐园:
在这里,人像虫纺着他最后的伊甸园。

这里有知识,炸弹毫无成果地诱惑。
在失败并为每个季节所更新的
狂暴使命下的黑暗中,他
疏远苦楚,像月亮欣然
漂浮在受记忆折磨的

---

① 二战时汉堡(德国第二大城市、重要港口和工业中心)曾遭到盟军大规模地毯式轰炸,几乎完全被夷为平地,并造成至少五万人死亡。

饥饿肢体上,犹豫地颠簸
在天使们致命的路径下——他低语:
"我不能承受如此惨重的惩罚。"
他不知善,不知恶,不知有天使们,
也不知他们的口信:没有正义,人,只有死亡。
他望着孩子、猫和士兵死去,
不爱,也不恨他们的法官们,法官们不爱也不恨;
在他的心中,汉堡不再是城市,
不再有国土。

夜里法官们来审判人。
他们多么残酷地旁观他的欲望!
这里午夜没有黑暗,
白天没有光。
在他是火焰之处
空气是烟,而大地是灰烬;
他离开他的墓茔寻找生命,而判决
像一颗星骑在他的城市上空。

草案

(比克瑙①,敖德萨②,孩子们轮流说话。)

我们乘火车去那里。他们有拖着的大驳船,
我们站起来,有那么多东西我被压扁了。
有一个烟囱,然后他们让我洗身体。
我想,那是一个工厂。我妈妈抱起我
而我能看到那艘冒烟的船。

我累的时候,我妈妈背着我。
她说:"别害怕。"但我只是累了。
我们去的地方再也不是敖德萨。
他们让管子灌满水——像雨,但很热;
那里的水比世界还深

而我累了,睡眠中排队,

---

① 奥斯维辛-比克瑙集中营是纳粹德国最大的集中营,位于波兰克拉科夫以西的小镇奥斯维辛。
② 今乌克兰南部港市,二战时在苏联版图。

水喝掉了我。我是这样想的。
我告诉我妈妈:"现在我洗了,干了。"
妈妈抱紧我,气味像干草
你是那样死的。你是那样死的。

变形记

在港口,我吐出痰渍之处,橘子们摆动
一切咸盐,潮湿,芽眼在表皮中;
咖啡燃烧之处,天空一片污黑,
潮水被货船的锈染红。

但不久所有烟囱燃烧着,有着合同,
油轮们低低驶于油黑的海湾,
码头是装箱的轰炸机的迷宫,
他们给我一份活,我整天工作。

而今订单填满;但我漂浮在港口,
浑身油污,浮肿,鱼鳃长于我的侧边,
船舰燃烧之处,天空一片污黑,
而运输的血通红,在潮汐之上。

真相

我四岁的时候,我父亲去了苏格兰。
他们说他去了苏格兰。

我醒来的时候,我想,我以为我在做梦——
那时我那么小,以致我以为
梦和你一起在房间,就像电影。
这就是你不做梦的原因,当它仍是光——
当有光时他们拉下窗帘,这样你就可以入眠。
我当时这样想,但那不对。
它真的在你的脑子里。

而那是光——黑夜的光。
我听到外面斯特基的吠声。
但实际上是母亲在哭喊——
她咳嗽那么厉害,她哭着,
她不停地摇着姐姐,
摇着她摇着她。
我以为是姐姐做了噩梦。

但它没吠叫,它已死去。

姐姐灰尘满身。

全是条痕,沾着泥。我哭了。

她没有,但她大一点。

     我想她没哭喊

因为她大一点,我想斯特基已经走了。

我把一切弄错了。

我没有把一件事做对过。

在我看来,似乎我曾想过

那并没发生,像一个梦,

只是光。在夜晚。

他们烧毁我们的房子,烧毁伦敦。

第二天,我妈妈哭了整天,在那之后

当她来看我的时候,她对我说:

"你父亲已去了苏格兰。

他将在战后回来。"

当时的战争不同于现在的战争。

现在的战争什么也不是。

我以前住在伦敦,直到他们把它烧毁。

它是怎样的？就像这里一样。

不,那是真的。

我妈妈会来这里,有时,但她会哭。

她对伊莉斯小姐说:"他不是他自己";

她说:"你就不再爱我么?"

我是我自己。

最后,她根本就不会来。

她从没说我父亲说的一件事情,或姐姐。

有时她说了。

有时她还是那样子,但那是在我梦里。

我可以说我在做梦,她一点都没变。

那个圣诞节她给我买了一只玩具狗。

我问她它叫什么,而当她不知道时

我一次次问她,而当她不知道时

我说:"你不是我妈妈,你不是我妈妈。

她没去苏格兰,她死了!"

而她说:"是的。他死了,他死了!"

而哭着,哭着;她是我的母亲,

她伸出双臂抱住我,我们哭了。

士兵们

启航港

自由,再见！或士兵们这么说;
而他们昨天耗尽的所有自由
诱惑着,从坟墓,在一场战争之外。
收获的头骨,鸣响死去的平民
渴望的谎言:真理、理性、正义;
愚蠢的年龄萦绕他们不接受的眼睛。

从未被扰乱的海洋的绿色阴霾中
他们的小骨头(历史的珊瑚)
冒着泡沫行进,狂喜,胜利:
谁会相信血卷曲如浸泡嘴唇的
一声呻吟,一个世纪来自家园——
缓慢的生命自存在沉下宛如梦幻?

队列

跟随那些中心裸露的案卷,基本队列
在一座建筑物外,在或晚或早的
黑暗的寒冷中,等待
进餐、邮件或救助,或等待
形成一个队列一个队列又一个队列;
在这些物了解他们是物之后,如同物
被耗尽的,是一个孩子或国家
平淡普通的目标语言的碎片;
跟随队列,通过卡车,借助运输,到达队列,
在那里物消失仿佛他们不是物——
而作为数字躺在十字架的行列中;
跟随队列,它们退潮为安静病房的
排排白床,在那里有些人
因为他们的状况被救助,但有一些,
无用的,被发回中心的案卷;
跟随这些赤裸之物,他们被告知他们是人类,再次
为文件和养老金排队——突然
队列中断,永远;而为了一口气,
生命中最长的气息,这些人自由了。

战地医院

他挪动身子,开始醒来。
一种感知到的
疼痛,扰乱他盲目的温暖;他呻吟着,
而第一批横穿的战斗机
高处扫射的突突声
将他的睡眠摇成碎片,随着
急遽而下的爆炸耙着黑暗,已经完结。
他所知道的一切

洪水般淹没了他;但他畏惧
黑暗中弯曲的
火焰线:"大公鸭拍着翅膀
飞向结冰的湖面——
我的霰弹枪在我的脑袋中结结巴巴。
我躺在自己的床上,"
他低语,"是做梦。"他想醒来。
熟悉的错误。

小屋嘎吱响着;他听到了呻吟声,他想
这声音是自己的——
呻吟着,把缝线的、盲目的、包扎着的头
转向随拂晓而变红的
帐篷门。一个声音说:"是的,这一个";
他的手臂刺痛;然后,他独自一人,
他不知道,想起——但反而
睡着了,感到舒服。

1914

而今它不再是那场常提及的战争,而是一场战争:我们自己的战争已取代它。那次世界大战仅是第一次世界大战;而且,真的,这些照片不是现在这个世界的,而是第一个世界的。但二十年来,泥浆里的铁丝网和战壕是每个人的未来,对我们而言,这一切怎么可能过时?——这是我们的死亡。但当我们迥然有别地死去时,我们明白它已经发生很久。

那些抓住普林西普①的人穿着小背心,系着腰带,配以绑腿的裤裙,毡帽;一个人用力拉住他的手臂,那人衣领竖立,穿陀螺形裤子,戴司机帽子;而他自己的头发也像绳状假发,他的脸被照相机拍成了一张疯帽匠②的脸。那个大公,身上有

---

① 1914 年 6 月 28 日,加夫里若·普林西普(Gavrilo Princip)在萨拉热窝街头刺杀了正在此处访问的奥匈帝国王储弗朗茨·斐迪南大公及其妻苏菲,这被称为"萨拉热窝事件"。这次刺杀行动成为第一次世界大战爆发的导火线。
② 汞中毒症状的俗称。

血点,那血,看起来的确像我们自己的(那些树也是人),大公的胡子很像一个基斯通警察①的胡子。没人在笑。

这一张,接下来的一周,是人群听到的战争。戴着硬草帽的人群,他们硬挺的高领——女人们穿着仿男式女衬衫或薄纱织物,帽子不成形,装着水果或花朵——夏日阳光中人群穿着黑衣站着,手里拿着收起的伞:是否约伯徒劳地畏惧上帝?② 这是全人类,在这里,即使那个指控者③也很不安,而时间徘徊着:这些国家确实长存久在?军队穿过人群行进;一些人着蓝色燕尾的大衣,他们的刺刀高高在上,像跳杆;一些着灰色大衣。这些人中的一个,他的口袋鼓鼓的,戴着一顶像旧笑话的圆帽;他抽着雪茄,解散队列,接受一个中年妇女的花束,这女人左手拿出花,弯着她的头,以致她的脸被藏起来。下一张,老妇人走在路上,牵

---

① 此称谓来自基石电影公司(Keystone)在1912—1917年间制作的几部无声电影闹剧塑造的警察形象:他们不称职,动作又夸张滑稽,让人捧腹。
② 此处原文"does Job fear God for naught?"是对《旧约全书·约伯记》中的撒旦所说的"Does Job fear God for nothing?(约伯敬畏神岂是无故呢?)"的化用。
③ 指《旧约全书·约伯记》中指控约伯的天使撒旦(他当时的职责是识别人是否忠诚于上帝)。

着一匹白马——它正拉着一辆只有她一半高的木车,回到她的家——她完全低着头。这些是穷人,我们让他们与我们同在:他们的肩头没有忧愁,也没有快乐,只有某种比接受更被动的东西。

潮湿的沙子被脚践踏,草在沼泽边随风飘动;在这里,七名士兵在平原上迷路了,等待着。他们躺着,看着地平线,围着那架他们用小车带到这里的机关枪;狗被上了挽具套着那只小车——一只中等体型的斑点狗,它回头,仰视着人的眼睛。布莱克说,无条理的天真:不可能;但在过去这是可能的;而它消失了,只留下了这印迹,在那种正步进入布鲁塞尔的挥手示意之下。在瓷滑的尖顶头盔下,穿着廉价的野外灰①制服,冒出的胡髭之后,这些脸孔比玩游戏的"头头们"了解更多;但他们的军官,木然地坐在马鞍上,手执马刀犹如内伊②,凝视着前方而进入相机镜头。

---

① 德国部队从 20 世纪初到 1945 年或 1989 年的官方基本颜色。
② 指米歇尔·内伊(Michel Ney,1769—1815),埃尔欣根公爵,莫斯科瓦亲王,法国大革命和拿破仑战争期间的军事指挥官,拿破仑一世手下十八名法国元帅之一,被称为"勇士中的勇士"。

现在,安特卫普①的那些堡垒,被炸成碎片,滑入护城河,如同冰山折入大海;这些碎片,变成了死者,四处摊散着,赤裸如黑暗田野中的坟头;黑色的人群,他们的脸随夜晚而炽热,跌撞地穿过一个邮局外样板般被固定的成排尸体;无辜的军队在草地上,走到三个大草堆、一个水坝和一个树篱那里,为他们的死者挖一条沟,然后消失在那里。在他们上方,机关枪像印刷机,把这些言辞锤击成一种普通语言:拉普塔飞岛②老人的目标语言;这里有对一种商品的拜物教,所有的价值被转译成一块肉。一个缠着金属线的长枪骑士,把一块氯水浸湿的手帕压在他的嘴唇上,胆怯地凝视供应军士递给他的喷火器喷出的巨焰;军士拿走大干草堆,一个又一个,树篱,水坝,而把月亮的火山口放在他们的地方。现在冬天来了,一片片;雪花或士兵们(不可能区分——显微镜下每一个都

---

① 比利时北部港市。第一次世界大战中安特卫普围城战是德意志帝国与比利时、英国争夺边境设防城市的重大战役之一。

② 英国作家乔纳森·斯威夫特的小说《格列佛游记》中的飞岛国。

是个体)被统计人员们数着,他们用手指追踪着,在飞雪飘舞的的黑色壕沟,是难以想象的死者样状。这些手指,冻得麻木,缓慢工作着而最终凝住;最后的人形,变白,变白,消失在闪亮的土地上……

但在别的地方,以前,有一个士兵。他半坐半躺,在一个似乎是山坡的地方;但在身底,在草叶、杂草和泥土下有沙袋。他浑身灰色——连他的靴子也是灰的,不知不觉融入了他的裤子,就像他的外套和帽子难以觉察融入他的脸——灰色,有着皱纹、斑点和破洞;他已变成灰色,正如雪人是白的。他已把灰手放在灰膝间(膝稍微上抬),似乎它很冷;但他深褐色的手叠在他的头下,好像他耐心地或体贴地斜倚着它。他的脸部分深褐色,其余部分有深褐色的细滴,像灰色上的轮廓线;他的鼻子是一只鹅的白嘴。

他已死了几个月——也就是说,几分钟,一个世纪;假如因为他的死,他的军队征服了世界,并且给人民带来了食物、正义和艺术,那么,这是一桩对除了他之外的他们来说都很好的买卖。关于他的生活,他的死或他的战争,在他的照片下写着:这是一场梦①。

这是一场没人醒来的梦。

---

① 原文为德文(Es war ein Traum)。这里互文歌德《浮士德》第二部第三幕两处台词("这是一场梦"):一处在斯巴达的墨涅拉斯宫殿前,海伦为自己辩护时对福尔库阿斯所说;一处在城堡的内院,浮士德因不信眼中的幸福对海伦所说。

炮手

是否他们把我,从我的猫和妻这儿送到
一个医生面前——他戳了我一下,数了我的牙齿——
送到平地上的队列中,送到帐篷的火炉边?
是否我在学校的苍蝇中打盹?

战斗机群像兔子进入示踪器视野,
血像疮痂凝在我的护身衣上。
是否我打着鼾,炮塔中灰暗静寂,
直至棕榈树随着我的死从海中升起?

而世界终结于此,在一座坟墓的沙中,
我所有的战争已终结?……就这么简单!
是否我妻子有一笔抚恤金,像小鼠那么多?
是否奖章会送到我的家给我的猫?

再见,温多弗;再见,霍姆山

(温多弗①、霍姆山、洛里、卡恩斯、拉雷多②:第二空军基地。去往像卡恩斯的海外军官补给站的军人,被称为"ORD"。)

座席客车的妻子们,带一个孩子踏上行程,
从洛里外的房间到卡恩斯附近的房间。
丈夫们射击着温多弗附近的山艾树、
拉雷多外边的牧豆树:你在运送中。卡恩斯。

或者如果不是卡恩斯,那也可能是卡恩斯。
(我询问了值班中的士官。
运输部陆军妇女军团说你是ORD。)
命令被取消。我告诉你你在运送中
你也可以习惯它,你,属于ORD。

---

① 位于美国犹他州,有空军基地。
② 美国得克萨斯州南部城市。

日间客车的妻子们在哭泣,和水手们说话,
从卡恩斯附近的房间,回家,到某处。
丈夫们患了黄热病,得了霍乱,
在从卡恩斯来的早班火车上。

或者如果不是卡恩斯,那也可能是卡恩斯。
(我问,但他们忘记了。历史上
没有妻子们,没有日间客车,也没有 ORD。)
那名册已完成。我告诉你你不在里边
你也可以习惯它,你,属于 ORD。

墓间幸存者

原野在远处。那里的世界遵循

存在之道;名字们、数字们因它而行动。

坟墓的十字架,坟墓的草,坟墓抛光的花岗岩

这些人死去我们得以活下①

　　　　——我得以活下!——

合乎习俗,但非必然;

这世界只需要死人。

　　　　那一切复归的、我们的

黑暗生命等待中领先穿过的梦——

我醒来的梦,仍保存你们这些睡眠者的梦——

现在是什么,**那场战争**? 现在是一场战争,如

你们的生命和墓茔被编号;它,人可能失去,

我们已失去。

　　　　也已失去,那征服的需求,

---

① 此句相关于《新约全书·哥林多后书 5:15》中的文字:"耶稣死去我们得以活下……"(和合本译为:"并且他替众人死,是叫那些活着的人不再为自己活,乃为替他们死而复活的主活。")

它让我们离开所有需求,除了它那
金属之声活下!——它留给裸露生命
生命形成的意义,从一切中剥离出
它古老的、自身的意义:直至仅恢复一种
生命——在一个周日早晨,坐着看报纸——
已足够,一个终结超越一切终结,那个梦
梦见……,直至这些,最终被复原,
不再是一种终结,而我们的生命从中延伸的
无知无觉,渐渐似乎是我们已抵达的
知觉;而我们明白,我们曾经活过的
几年,长于未来余生之年,
在未来之年,孩子说,我们将活下。

我们将活在哪里?因为你们的生命没有存活
而,停在空中,在那里,没坠落
而是那不在、但可能已在之物。
而我们的生命是——它们所是之物:而缓缓
地,终结。

我们的生命和存在已生成它们的安宁,
那存在已从它们古老的本质中,及时地,
滤出所有非己之物。我们记得

你们是:一种等待。

　　　　　　没有你们,你们所有这些死者,
哪块破布可以擦拭这被涂鸦的石板而涤净生命,
哪具鬼魂萦绕的身体,可以为我猜想世界?
在世界之中,这地球,这生命,是一粒变质的种子。

我们忍耐,直至完成;生者
失去的是胜利。而失败?生者同样失去
一切;又,得到回报,在幸存中,幸存
每天带给它们,在世界列车的凯旋中的
那种冷漠、死亡、乘坐——
他们的世界,他们的凯旋。

　　　　　　我们轻轻入眠;醒来
某种静寂的成功物,演续,压低我们,施魔
我们的肢体,对着你们的肢体……我们的血管
被移入另一个世界,我们茫然的热望
许久前被实现,我们最后的需要
有时被记得(带着冷漠接受
那惯有的微笑),作为我们的青春

曾天真要求的奢华。
　　　　　你们的天真
在你们的死亡中,在一个春天的血中
永存,生者走近这春天的血,
在半梦半醒的干燥求告中躬身……

萦绕者和被萦绕者,在墓茔间,
看不见又相互映照;在无声的
求告中,一种最后的、前未听到的
同音,抵达彼此:再说一遍
那些声音说着,再说一遍
生命是——它不是的东西;
在某处,有——某种东西,某种东西;
我们等待它;我们等待它。

战争

缓慢地,向一个不同的世界进发,
冬晨,四点,不同的腿……
你不能做煎蛋卷而不打碎鸡蛋①
——这是他们对鸡蛋所说之话。

---

① 这是一句关于战争的谚语,意即"战争必有死亡",经常为将领或军官所用。

条款

1
一只手,一条腿,一个脑袋,
这领抚恤金者坐在阳光下。
他在向他新院子新生长的枫树树叶
讲一个故事:
"内政部已派杰克·弗罗斯特拿着喷枪
要把你涂成红色。"
树叶竭力伸展
想逃离——它相信这个人——
而一辆蓝色雪佛兰轿车
停下并把一张支票留在信箱给那人。

"你像死的一样。"
那人说,对着叶子,露出嘲弄的微笑;
而有人在前门
敲门,他没有应答,
而坐回到他的白色椅子——
手中拿着一支球棍,在一根系彩虹圈的木桩旁——

擦了擦眼睛,又像狗一样打着呵欠,当那只狗
在隔壁哀鸣,响着它的链条。
他看着树叶,像他看一般东西,
心情复杂——
自语:"我已改变。"

美梦一直萦绕那个拿着
信箱里的支票的鬼魂,有四条敏捷的
棕木腿的狐狸。
早晨,他用一个军用刷子,
前拉,或回刷着活脑袋的
淡黄头发,刷着
他坚硬的白牙和他已坏死的
左前牙上的瓷套。
那树叶活着,将会凋亡;
像其他叶子。
你一直抛着硬币,而它往下掉,是人头,
没人见过它落下后是任何东西,除了人头,
而那人已不再注视:

     人头。

他看着那树叶——它是绿色的——

他,用一只黑色肥大的皮革手表示:
"再也不玩了。"

2
他说:"我的胳膊和腿——
我的木胳膊,我的木腿——
昨晚整晚一直和对方摔跤
就像你磨切肉刀
直到它们十字形状地矗立在黎明前,
在一座在我看来是坟墓的东西上。
我摸索着十字架上的狗牌。

"我可以找到一个数字在支腿上
而一个不同的数字在臂上。
坟墓是空的。

"我起初想:'我已复活。'
越过十字架仰望拂晓
而看到我自己的脑袋,在那里燃烧,
熄灭。
　　但在黑暗中
树叶片片落下,如同支票,

进入坟墓;

我想:我是我自己的坟墓。

"于是我醒来:我能看到华夫饼模上方

架子上的烤面包机

和小门上的水珠:早餐时面包

突然跳起,一片褐色,从它的——

      '这都是一个梦。'

我自语。'我是一座坟墓,它梦见

它是一个活人。'"

这个人,正如他已学会,

起身,走到门口。

当他打开门,

他看着他的手打开门,

又伸出他的好手——

盯着它俩,笑着;

他轻声说:"我是一个人。"

图书在版编目(CIP)数据

贾雷尔诗选 / (美) 贾雷尔著 ; 连晗生译. — 上海:上海教育出版社, 2020.7
(白鲸文丛)
ISBN 978-7-5444-9483-0

Ⅰ.①贾… Ⅱ.①贾… ②连… Ⅲ.①诗集-美国-现代 Ⅳ.①I712.25

中国版本图书馆CIP数据核字(2020)第093410号

责任编辑　曹婷婷　董龙凯
书籍设计　陆　弦

白鲸文丛
贾雷尔诗选
(美) 贾雷尔　著　连晗生　译

出版发行	上海教育出版社有限公司	
官　　网	www.seph.com.cn	
地　　址	上海市永福路123号	
邮　　编	200031	
印　　刷	山东韵杰文化科技有限公司	
开　　本	787×1092　1/32　印张 10.875　插页 4	
字　　数	159千字	
版　　次	2020年7月第1版	
印　　次	2020年7月第1次印刷	
书　　号	ISBN 978-7-5444-9483-0/I·0157	
定　　价	59.80元	

如发现质量问题，读者可向本社调换　　电话：021-64377165